KB120141

귀농인에게
귀농의 길을 묻는다

귀농인에게
귀농의 길을 묻는다

초판 1쇄 인쇄일 2015년 10월 26일
초판 1쇄 발행일 2015년 11월 3일

지은이 허영도
펴낸이 양옥매
디자인 최원용
교 정 조준경

펴낸곳 도서출판 책과나무
출판등록 제2012-000376
주소 서울특별시 마포구 월드컵북로 44길 37 천지빌딩 3층
대표전화 02.372.1537 **팩스** 02.372.1538
이메일 booknamu2007@naver.com
홈페이지 www.booknamu.com
ISBN 979-11-5776-111-1(03810)

이 도서의 국립중앙도서관 출판시도서목록(CIP)은 서지정보유통지원 시스템
홈페이지(http://seoji.nl.go.kr)와 국가자료공동목록시스템
(http://www.nl.go.kr/kolisnet)에서 이용하실 수 있습니다.
(CIP제어번호 : CIP2015029093)

귀농인에게
귀농의 길을 묻는다

세윤 허영도 지음

책과나무

귀농의 길을 걷는다
길의 끝은 쉽게 보이지 않는다

보여 지지 않는 길의 끝을 만나기 위해
애써 걸음을 재촉하지 마라
가다가 다리가 아프면 쉬어 가면 된다
잠시 멈추어 주변을 둘러보는 여유를 갖는 것
걷는 길을 사랑하는 방법이다

다만 염려하는 것 하나가 있다면
길의 끝이 보이지 않는다고
귀농을 포기하는 것이다

노령화된 기존의 농업인들의 힘만으로는
생산의 한계가 있다

최근 5년간 도시에서 우리 도(道)로 귀농·귀촌 한 가구 수는 9,296가구로 매년 평균 1,859가구가 농촌으로 돌아옴으로써 귀농은 전국에서 3위, 귀촌 증가율은 1위로 해마다 증가되고 있는 추세이다.

귀농이란 사전적 의미로 "농촌을 떠났던 사람이 다시 농촌으로 돌아가거나 돌아와 농사를 지음"을 말하고, 돌아와서 농업 영위 여부에 따라 농사를 짓는 경우는 귀농, 농사를 짓지 않고 거주 장소로 선택한 사람을 귀촌으로 구분하고 있다.

우리나라의 1980년 농가수는 215만 5,000호로 농가 인구수는 1,082만 7,000명으로 전체 인구의 28.4% 차지했으나 2013년에는

114만 2,000호에 농가 인구수는 284만 7,000명으로 전체 인구의 5.5%를 차지하고 있다. 불과 33년 만에 농가인구는 74%가 감소되었다.

그러나 전체 인구수가 5,213만 명으로 늘어나 필요한 먹을거리는 더 많이 필요하고 고급화는 물론 안전성에 대한 인식은 매우 선진화되었다.

따라서 누군가 국민의 먹을거리를 책임지고 생산해야 하는데 노령화된 기존의 농업인들의 힘만으로는 생산의 한계가 있다. 다행히 도시에 살고 있는 베이비부머 세대 등이 농촌으로 이주 할 의향이 70%가 넘게 은퇴 후나 여건이 되면 농촌으로 거주를 옮기겠다는 생각을 하고 있어 농업 · 농촌의 새로운 희망이 되고 있다.

2009년 고성군으로 귀농하여 블루베리 농사를 짓고 있는 (사) 경남블루베리 협회 허영도 부회장의 귀농에서 얻은 생생한 경험담과 틈틈이 농사일을 하시면서 글을 써 모아 한 권의 책으로 엮어 "귀농인에게 귀농의 길을 묻는다"라는 제목으로 출판한 이 책은 귀농을 꿈꾸고 있는 도시민과 현재 귀농 · 귀촌하여 많은 어려움을 겪고 있는 농업인들에게 좋은 지침서가 되리라 본다.

정부에서는 귀농자들이 농업 · 농촌 발전의 원동력이 되고 지역사회 구성원으로서의 역할을 다 할 수 있도록 지원하고 있습니다만 농사는 시시때때로 변화무쌍 하고 어렵기 때문에 한두 번의 영농기술을 배웠다고 해서 영농하기가 쉽지 않고 특히, 가계를 영위할 수 있도록 하기 위해서는 많은 시간과 노력이 필요하고 참 어려운 과정을 겪어야 하는 현실이다. 허 부회장의 귀농 철학과 아름다운 삶의 모습들이 많은 귀농·귀촌 자들에게 새로운 희망이 되길 기원 드리면서 다시 한번 출판을 축하하며 그동안의 노고에 고맙다는 말씀을 드립니다.

2015. 9.

전 국립경상대학교 부속 농업생명과학연구원 원장
현 국립경상대학교 농업생명과학대학 교수회 회장
현 국립경상대학교 농업생명과학대학 원예학과 교수
현 한국인간식물환경학회 회장
현 국립경상대학교 최고농업경영자과정 베리반 주임교수
허무룡

머리말

농사에서의 일은 당연하며
농부의 노동은 보석처럼 소중한 것이다

몇 해 전, 잘 알고 있는 지인이 자신의 형과 함께 나의 농원을 방문했다. 평소 블루베리에 관심이 많아 귀농을 하면 블루베리 농사를 해 보겠다는 지인의 형은 나의 농원에서 1년 동안 블루베리 농사를 배워 보겠다고 하였다.

나를 찾아와 귀농 상담을 하는 예비 귀농인들 중에는 블루베리 농사를 희망하는 사람들이 많다. 블루베리 농사에 관한 대화 속에 내가 가장 강조하는 부분이 있다면, 블루베리 농사는 어느 과수농사보다 힘들고 어려운 점이 많으며 초기 투자비용이 적지 않다는 점이다.

그리고 현재 운영되고 있는 전국의 블루베리 농장견학과 실제 경험을 먼저 해 보고 난 후 판단하고 결정하라고 당부를 하는 터라, 1년 동안 나의 농장에서 블루베리 농사에 대한 경험을 쌓겠다는 것은 가장 바람직한 귀농 준비였기에 그는 나의 농원에서 블루베리 농사를 위한 준비 과정을 시작하게 되었다.

나 역시 귀농 전 2년에 걸쳐 전국에 있는 블루베리 농원을 방문하여 블루베리 농사에 관한 실상을 파악하였고, 대규모의 기업형 농장 그리고 조그만 가족농 형태의 농장을 찾아다니며 질문과 궁금증을 해결하였다.

도시 생활이 몸에 배인 그에게는 어느 정도 농사에 대한 적응과 이해가 필요하기에 나의 곁에서 실제 농원을 관리하는 모든 과정을 지켜보게 하는 것이 바람직한 방법이라 여겼기에, 간단한 일을 하며 보내게 된 며칠간이었다.

그와 함께한 지 일주일이 지났을 때였다. 도시에 잠시 다녀오겠다며 농원을 떠난 그는 어쩐 일인지 돌아오지를 않았다. 기다려도 소식이 없어 지인에게 연락을 하였고, 며칠 후 그는 지인과 함께 돌아왔지만 귀농을 포기하겠다고 하였다.

이유는 지극히 단순하였다. "땅은 정직하기 때문에 씨만 뿌리면 되는 줄 알았는데 그렇지 않다."고 판단했단다.

그리고 새벽부터 저녁 어둠이 찾아오는 시간까지 일하는 나의 모습을 보고 자신은 도저히 그럴 용기가 없다는 것이다. 나는 그를 설득하거나 귀농 포기를 만류하지 않았다.

도시인이 귀농을 하여 전업 농사를 하는 농부가 되는 일을 쉽게 판단해서는 안 된다. 농사는 씨만 뿌려 놓고 기다리기만 하면 모든 것이 해결되는 간단한 일이 아니다.

땅이 정직하다는 것은 만고의 진리다. 정직한 땅을 더욱 정직한 땅으로 만드는 것은 사람이 해야 할 일이다. 땅에서 순수한 생명을 키워 내는 일을 함으로써 땅의 정직함은 빛을 발하게 된다.

그 일의 한가운데에 존재하는 농부!

농사에서의 일은 당연하며 농부의 노동은 보석처럼 소중한 것이다. 도시인이었다가 농부가 된다는 것은 보석처럼 빛나는 노동을 하는 사람이 되는 것이다.

세윤 허영도

PART 03 성공적인 귀농을 위하여

PART 04 농부의 사계

맺음말

부록

귀농인에게
귀농의 길을 묻는다

귀농을 꿈꾸는
이들에게

귀농은 도시인이 시골의 농부가 되는 일이다.
도시인이 도시에서 직장을 바꾸는 일과는 비교할 수가 없는 일이다.
도시인이 농부의 길을 걷는다는 일은 도시의 시민으로서
경험하며 축적된 모든 것들을 잊는 일이다.

01

귀농인 모두와 귀농을 꿈꾸는
사람들과 이 글을 나누며

"뿌리가 깊은 나무는 바람에 흔들리지 않으므로 꽃이 좋게 피고
열매가 많다."

-『용비어천가』中에서

척박한 도시의 땅에서 농촌이라는 좋은 땅에 접목하는 귀농생활
을 지속하면서 뿌리를 내리고, 그 결과를 귀하고 소중한 보람으로
연결시키라는 깨달음을 주는『용비어천가』의 글귀를 늘 마음속에 담
아 두고 생활하고 있다.

본디 자연에서 태어난 인간이 전원 속에서 살아간다는 것은 지극

히 당연한데도 경제 논리를 우선순위에 놓고 현대화의 물결에 따라 도시로 이주한 인구는 가히 숫자로 계산하기가 어려울 만큼 늘어났고, 그것에 비례해 농촌은 점점 텅 비어 가고 있다. 이로 인한 노동력의 부족 또한 농촌의 어려움으로 부상하고 있는 현실이다.

귀농은 도시인이 시골의 농부가 되는 일이다.
도시인이 도시에서 직장을 바꾸는 일과는
비교할 수가 없는 일이다.
도시인이 농부의 길을 걷는다는 일은
도시의 시민으로서 경험하며 축적된
모든 것들을 잊는 일이다.

도시생활의 편안함과 안락함은 귀농생활이 안정적으로 정착될 때까지 나를 괴롭히는 유혹이자, 귀농생활의 어려움을 극복하는 데 힘 빠지게 하는 기억일 수 있지만 참고 견뎌야 한다. 이러한 내적 어려움을 견뎌 내는 내공이 생기기까지 자연은 알게 모르게 곁에서 힘을 주기 시작한다는 것은 분명한 사실이며, 그것은 자연을 통한 치유이자 철학과도 같다고 강조하고 싶다.

자기만의 정체성을 확고하게 지니지 않으면 쉽게 포기하고 싶은 순간들이 시시때때로 자신을 괴롭힐 때도 있지만, 자연과 소통하며 자연의 섭리를 믿으며 살아 보겠다는 목표를 간직하고 결의를 다진다면 귀농 정착이 결코 먼 곳에 있다고 단언할 수 없을 것이다.

지난 6년, 나의 귀농의 수많은 나날들에는 소리 없이 격려하며 용기를 북돋아 주고 조용한 외침으로 응원해 준 자연이 있었다. 모든 생명의 어머니라 할 수 있는 대지와 적절하게 내리쬐며 자양분을 공급하는 태양과 비, 끈질긴 생명력으로 늘 일어서는 풀들과 나무들, 지렁이와 야생초들 하나까지도 내 곁에서 순응과 극복이란 큰 가르침을 주고 있었기에 버틸 수 있었고 현재의 정착단계에 접어들 수 있었다고 자부한다.

귀농 초기에 몸에 배지 않은 노동으로 몇 번이나 쓰러질 때마다

태풍 같은 큰 위기를 겪으면서도 다시 회복되고 원래의 모습으로 되돌아가는 데 주저함이 없는 자연의 의연한 모습에서 다시 일어서는 법을 배웠다.

일기예보가 빗나가 예상했던 것보다 엄청난 폭우가 쏟아져 피해를 입게 된 경우에도

생각지도 못한 자연의 재해를 겪더라도 다음해에는 내 노력을 모른 체하지 않고 갚아 주는 자연을 믿었다. 하여 한 번도 힘들다거나 어렵다는 생각을 하지 않았다. 오히려 자연과 하나 되어 자연과 소통하겠다는 생각은 나를 더욱 강인하게 만드는 중요한 요인으로 작용하였다.

초기 예상귀농자금을 초과하는 경제적인 어려움에 불안함이 엄습해 오기도 했지만, 물질적인 어려움보다도 정신적인 괴로움에 직면했을 때 굽혀지지 않는 의지는 자연이 자연 그대로의 순수한 모습으로 힘을 보태 주었기에 가능했던 것이다.

귀농을 꿈꾸는 이들에게

농사일은 교육과 경험이 바탕이 된다 해도 넘기 어려운 변수가 많아 실패를 경험할 때가 많다. 그러나 좌절하지 않고 한 번 실수를 두 번에 연결되지 않도록 최선을 다하며 살아가게 되는 것 역시 자연의 그 의연한 모습에서 배울 수 있었다.

작은 땅덩어리에서도 해마다 날씨와 기후의 정도 차이가 심한 현상이 이어지고 있다. 중부지방에서 잦은 비 소식이 들려오면 남부지방에선 극심한 가뭄이 이어지고, 그 반대로 남부지방에서 계속해서 비가 내리면 중부지방에서는 비 소식은커녕 마른 가뭄만 이어지는 일이 해마다 반복되고 있다.

재작년엔 참 많이 힘들었다. 중부지방의 잦은 비 소식과는 달리 이곳 남부지방에는 유례없는 가뭄이 이어지면서 땅과 나무들과 함께 절제 절명의 목마름이라는 고통을 나누어 져야 했다. 비 소식은 감감하고 붉은 해가 떠오르는 아침을 맞이하기가 무서웠다. 아침을 미소로 맞이하기란 쉽지 않았고 인간의 무력함을 어느 때보다도 깊이 느끼는 해였다.

현재 전국에는 많은 귀농인들이 있다. 저마다의 다양한 이유가 있겠지만, 나의 귀농은 자연과 하나 되어 자연과 소통하고 싶다는 작은 소망에서부터 출발하게 되었음을 이 글을 쓰면서 다시 한 번 확인하게 된다.

요즘은 농업인을 일컬어 '농업 경영인'이라고 한다. 그것을 좀 더 구체적으로 말하자면, 기술력과 생산력이 균형 잡힌 건전한 운영으로 농사일에 임해야 한다는 것이며 판로를 위한 마지막 마케팅까지 경영인의 자세로서 접근하지 않으면 귀농 정착은 한바탕 꿈일 수도 있고 도시로 U턴 하거나 탈농하게 됨을 의미한다.

자기 자신을 다독여 주고 의지를 굳건히 다질 수 있는 자기만의 힘을 기른다는 것은 귀농인에게 특히 중요하다. 그리고 주변의 조언이나 도움에 귀를 기울여야 한다. 나의 경험을 다른 귀농인들과 나누려는 열린 마음도 필요하다.

주변을 사랑하고 감사하는 마음의 바탕에서 우러나오는 유익하고 좋은 음파를 주고받는 자세는 서로에게 도움이 되는 마음의 키를 높여 주거나 낮추기도 하여, 사람과 사람 사이의 관계뿐만 아니라 내가 매일 경작하는 농작물들과 좋은 음파로서 교감을 나누어 놀라운 결과를 얻게 된다.

> 나는 '귀농 성공'이란 말 대신에
> '귀농 정착'이란 말이 더 타당하다고 생각한다.

경제적인 원리로 모든 것을 판단하여 부와 명예를 얻었을 때 성공이란 용어가 사용되지만, 땅을 일구는 사람으로서 성공이란 용어는 낯설기 때문이다.

열심히 노력해도 주어진 일 앞에 최선을 다하여도 천재지변 앞에선 어쩔 수 없이 마음을 비우고 기다려야 하는 농부의 인내와 여유를 배우면서 평생을 농부로서의 삶을 이어 온 시골 어르신들의 삶을 보며 고개가 절로 숙여졌기에 경제적인 시각으로 보는 성공이란 용어는 어울리지 않는다고 생각한다.

땅을 일구는 농사일이 아닌 바다를 논 삼아 일하는 수산업에 종사하는 분들도 마찬가지일 것이다. 천재지변을 당하게 되면 속절없는 한계 앞에 힘없이 마주하는 고통은 분명 있다. 그러나 순환의 원리속에서 정화되고 스스로 치유하는 능력을 지닌 자연을 경작한다는 것은 고통이라기보다는 생명을 다루는 경이로움을 창출한다.

자연은 살아 있기에
'생명'이란 말을 적용하는 것은
당연하지 않은가.

거듭 강조해도 모자람이 없는 말이 있다면, 자연은 좌절하지 않고 순응하며 극복할 힘을 스스로 분출한다는 것을 우리 인간이 보고 배워야 한다는 것이다. 인간이 자연을 훼손하지만 않는다면 자연은 결코 인간을 배반하지 않는다는 것을 우리는 잘 알고 있다.

자연이 주는 혜택은 인간의 절제와 끊임없는 노력에 달려 있다. 천재지변 앞에서 모든 수고가 수포로 돌아갈지언정 농부들이 다시 씨앗을 뿌리는 것은 결코 배반할 줄 모르는 땅에 대한 믿음 때문이다.

가끔 주변 사람들로부터 "그렇게 일하면 수익이 어느 정도가 됩니까?"라는 질문을 받기도 하고, 귀농계획을 갖고 찾아오는 사람들로부터는 "어느 정도 지나면 수익을 많이 올리게 됩니까?"라는 질문을 종종 받곤 한다.

　이 질문은 귀농을 계획하고 있는 사람들이 가장 궁금해하는 질문들이다. 귀농하여 농사로 돈을 벌겠다는 생각은 귀농을 꿈꾸는 사람들에게 어쩌면 가장 큰 관심사일 것이다. 그러나 나는 귀농 계획을 구체적으로 세워 실천에 옮기기 전, 먼저 나 자신에게 이러한 질문을 던졌다.

　"변화무쌍하고 예측하기 힘든 자연 속에서 순응과 극복의 힘을 길러내겠다는 각오가 나에게 정말 있긴 한가?"

　"다른 일보다 노동력이 더 필요한 농사일에 내 몸이 과연 잘 적응할 수 있을까?"

　"나에게 가장 적합한 농작물은 무엇인가?"

　"나는 그 작물을 왜 선택하려고 하는가?"

　"기술력과 생산력을 보유하기 위해 나의 준비와 공부는 바르게 이루어지고 있는가?"

　"수확한 결과물을 소비자에게 판매하는 마케팅 전략은 올바른가?"

　나 스스로에게 수없이 질문들을 던지며, 어떤 이유로 도시를 떠나 귀농하려는지를 몇 차례나 반복해서 자문해 보았다. 초심이 흔들리지 않았음을 확신한 나는 자연의 무한변화를 살피며 자연의 섬세한 소리에까지 귀를 기울이는 기본자세를 몸에 익히는 훈련을 시작했다. 그러려니 제법 오랜 기간의 준비가 필요했다.

이제 귀농 6년차인 내가 4년 전부터 수확을 내기 시작해 올해까지 수확과 판매까지 순조롭게 이뤄낸 것은 기적 같은 일이다. 불과 6년 전엔 농사에 대하여 아무것도 몰랐던 내가 말이다.

농업은 생명산업이자 미래 산업이기에 자신의 정열과 투지를 부여할 가치가 충분한 일이라고 말하고 싶다. 관행 농법을 탈피해 스스로도 공부하고 연구하면서 자기만의 신 농법을 개발하는 것은 쉽지 않지만, 어떠한 상황에서도 항상 배운다는 겸손한 자세를 생활 속에 변함없이 유지한다면 도시에서는 누릴 수 없는 엄청난 보람을 맞이할 수 있을 것이다.

기술력과 생산력은 본인의 노력과 열정이 있다면 충분히 가능한 일이지만
판매는 자신의 노력이나 열정만으로 그 답을 찾기란 여간 힘든 게 아니다.
판매를 책임져 줄 사람은 오직 자신뿐이란 것을 미처 알지 못한 결과다.

02

도시의 안방에서 상상으로
이미 성공한 사람들

나의 농원에서는 귀농에 대한 자문을 얻기 위해 찾아오는 예비 귀농인을 자주 만날 수 있다. 그들 대부분의 이야기 속엔 이미 귀농 성공이 전제되어 있었다.

구입한 땅에서 수확한 결과물을 모두 판매하여 수익 계산까지 마치고 도시의 삶에 비추어 충분한 소득으로 안정된 생활을 할 수 있다는 희망 가득 찬 미래 설계는, 귀농을 하지 않았음에도 도시의 안방에서 이미 손익계산까지 마친 사람들이다.

그런데 그들이 모르는 사실이 하나 있다. 그것은 바로 상상 속에서나 가능한 일이란 것이다.

"땅 0000평에 감자를 심을 것입니다. 1평에 감자 1박스를 수확하여 1박스당 00000원에 판매하여 땅 0000평에서 00000000원의 수익을 얻게 되고, 감자 수확을 마친 후 다른 작물로서 순환농사를 하고 백화점식 종합농사를 하게 되면 수익은 플러스알파가 되어 경제적인 어려움 없이 귀농생활 잘할 것입니다."

"땅을 구입하는 것은 보류하고, 아는 지인으로부터 딸기 비닐하우스를 임대하게 될 것 같습니다. 그 딸기 하우스 1동에서 연 소득이 00000000원을 올린다고 하니, 비닐하우스 3동을 임대하면 대충 00000000원은 거뜬히 벌 수 있습니다. 그러면 도시에서보다 훨씬 나은 벌이가 되지요."

"고향(농촌)을 소재로 하는 방송에서 ○○를 재배하여 많은 소득을 올린다는 정보를 보고 그쪽으로 공부를 좀 했습니다. 재배하기도 싶고 상인들이 직접 와서 사 간다고 하니 귀농이 어렵다고 생각하지 않습니다."

내가 만난 사람들은 실제 농사를 지어 보지도 않고 상상으로 모든 결론을 미리 내리고 있었다. 귀농은 오직 농사로서 수익을 창출해야 하는 엄연한 사업이다. 사업이기에 기술력과 생산력 그리고 가장 중요한 판매에 대한 연구와 노력 없이는 절대 불가능한 일이란 것을 등한시한 생각들이며, 귀농하기 전부터 이미 마음속 상상으로

만 성공한 사람들이다.

　기술력과 생산력은 본인의 노력과
　열정이 있다면 충분히 가능한 일이지만
　판매는 자신의 노력이나 열정만으로
　그 답을 찾기란 여간 힘든 게 아니다.
　판매를 책임져 줄 사람은 오직
　자신뿐이란 것을 미처 알지 못한 결과다.

　혹자는 제품(농산물)만 확실하다면 판매는 걱정 없을 것이라고 장담을 하기도 하지만, 일부분 소량판매에 한정된 이야기일 뿐이다. 생활에 필요한 경제생활이 가능하게 하기 위해선 판매를 통한 수익을 얻어야 하는데, 아무리 우수한 농산물을 재배·생산하였다고 하더라도 마케팅의 중요성을 미처 알지 못하고 막연히 '열심히 노력하여 농산물을 생산하기만 하면 전량 판매가 되어 수익을 얻을 것이다.'라는 헛된 상상만으로 귀농에 접근하는 사람들이다. 다시 도시로 U턴하는 건 아닐까 염려하게 되는 사람들이기도 하다.
　땅의 구입이나 임대는 본인의 형편에 맞게 처신하면 된다. 중요한 것은 본인의 노동력과 기술력으로 작물의 재배와 수확을 마친 후 어떻게 팔 수 있는가에 대한 계획을 세우는 것으로, 이는 귀농을 준비하거나 실행에 옮기는 사람에게 가장 우선적이고 중요한 일이다.

"내가 하면 잘될 것이다"

    이러한 자신감을 갖는 것은 좋은 일이다. 그러나 땅에서 생산된 결과물이 순조롭게 판매로 이어지는 일이란 결코 쉬운 일이 아니다. 중소기업에서 아주 우수한 제품이 생산되더라도 판매가 되지 못하는 경우를 간과해서는 안 된다.

    바람직한 귀농 정착을 위해선 기술력과 생산력을 갖추기 전에 마케팅의 중요성을 먼저 인식해야 할 것이다.

뉴스에 서울을 비롯한 중부지방에 비가 내린다는 소식이 있었다.
더위도 열대야도 내리는 비로 인하여 주춤해질 것이라는 소식을 들었다.
이곳의 날씨와 너무나 다른 소식이기에 아주 먼 나라에서
일어나는 일처럼 들렸다.

03

재작년 여름,
몹시도 마른하늘에

뉴스에 서울을 비롯한 중부지방에 비가 내린다는 소식이 있었다. 더위도 열대야도 내리는 비로 인하여 주춤해질 것이라는 소식을 들었다. 이곳의 날씨와 너무나 다른 소식이기에 아주 먼 나라에서 일어나는 일처럼 들렸다.

40일 넘게 비 한 방울 떨어지지 않는 날이 이어졌다.

마른하늘에서 내리쬐는 태양은 쩍쩍 갈라지는 땅을 향해 열기를 쉬지 않고 내뿜고 있었다.

그해 유월 잠시 지나간 장마는 강수량이 적은 마른장마였기에 가뭄의 정도는 도를 넘어 온 산과 들이 타는 목마름에 힘겨워 했다.

이러한 상황에서 듣게 된 중부지방의 비 소식은
어릴 적 친구가 먹는 아이스깨끼를 침 흘리며
쳐다보던 기억보다 더한 부러움을 느꼈다.

그러나 그러한 부러움도 잠시. 플래시를 들고 옆 개울로 내려가
야 했다. 이미 바닥을 드러낸 개울이지만 웅덩이를 파 조금씩 확보
하게 되는 물을 확인한 후 물탱크에 연결된 모터를 작동시켜야 하기
때문이다.

물 확보 1시간에 10분 모터 작동. 농원에 필요한 물은 하루 10톤.
10톤 물탱크에 물을 가득 채우기 위하여 밤낮으로 반복되는 일이다.
잠은 토막잠이다. 하루 수면 시간은 모두 합해야 두 시간도 채 되
지 않는다. 밤엔 스마트폰에 모닝콜 시간을 변경해 가며 잠시 잠시
눈을 붙이면서 개울물을 확인해야 하므로 하루에도 수십 번씩 개울
을 오르내린다.
일년생 작물과는 달리 내가 선택한 과수 작물인 블루베리는 매일
충분한 수분 공급이 이뤄져야 하기에 물 확보를 위한 노력은 온전히
내가 감수해야만 하는 일이다. 제대로 잠도 자지 못하고 하루 세끼
식사 시간마저 아껴야 했던 재작년 여름이었다.

수분 공급이 충분하지 않은 나의 블루베리들은 오후만 되면 여린
가지와 그 가지에 붙은 잎들이 말라 가고 있었고 한 그루씩 고사하

기 시작했다. 겨우 목숨만 붙어 있을 정도의 물을 줄 수밖에 없는 상황에서 어린 삽목묘에겐 적은 양이지만 매일 관수하고 큰 나무들에겐 이틀에 한 번 관수를 하게 된다.

비 소식은 들리지 않고 마른하늘의 태양은 뜨거운 열기만을 내려놓았다. 어린 삽목묘와 큰 나무들은 하나둘 목마름을 견디지 못한 채 말라죽어 갔다. 나의 농원만 가뭄 피해를 입는 것이 아니라 남부 지방 전체가 극심한 가뭄에 피해를 입고 있는 상황이었기에 어디에서 물을 구해 올 수도 없는 노릇이었다.

바싹 타들어간 블루베리 나무들을 걷어 내는
나의 가슴에선 흙먼지가 날아다니고 있었고
마음으로 흐르던 눈물마저 메말라 버렸다.

다시 비가 내렸을 땐 어린삽목묘를 합쳐 백 그루 이상의 블루베리 나무가 이미 고사한 후였다. 그때의 가뭄을 떠올릴 때면 그때의 목마름이 재현되어 지금도 심한 갈증을 느끼곤 한다.

서울 우면산 산사태로 많은 인명과 재산이
엄청난 피해가 발생한 날, 이곳에서도 엄청난 폭우가 쏟아졌다.
우면산 산사태가 워낙 세간의 이목을 집중시켰기에
이곳의 폭우 소식은 그저 이곳만의 일이었던 날이다.

04

3년 전 7월,
하늘에 구멍이 뚫린 듯

서울 우면산 산사태로 많은 인명과 재산이 엄청난 피해가 발생한 날, 이곳에서도 엄청난 폭우가 쏟아졌다. 우면산 산사태가 워낙 세간의 이목을 집중시켰기에 이곳의 폭우 소식은 그저 이곳만의 일이었던 날이다.

천수답이던 다랑논 세 개와 해묵은 논 하나였던 이곳에 귀농지를 확정한 귀농 초기였기에 블루베리 나무도 많지 않았던 그해에 다랑논 세 곳에 벼농사를 지었다. 벼농사는 우리나라 농업의 꽃이라 여겼기에 귀농인으로서 벼농사는 오래전부터 하고 싶었던 일이었다.

겨울에 다랑논 세 개를 합쳐 하나로 만들어 블루베리 농원조성 계획을 세운놓은 터라 겨울까지 다랑논을 그냥 내버려 둔다는 것이 마음에 들지 않았던 점도 한 몫 하여 생전 처음으로 벼농사를 짓게 되었다.

법씨를 싹 틔운 후 논에 심기까지
약간 떨어진 마을에 거주하는 친척의 도움과 조언으로
시작한 내 생애 처음이자 마지막 벼농사였다.

블루베리 나무를 돌보는 틈틈이 허벅지까지 올라오는 물신을 신고 논에 들어가 잡초를 걷어 내기도 하고 개울물을 끌어다 논에 넣으며 시작한 초보 농부의 벼농사는 순조롭게 진행되었다.

그런데 오후부터 흐린 하늘에서 한 두 방울 내리기 시작하던 비가 다음 날 오전을 넘기면서 앞이 보이지 않을 정도의 큰비로 변하였고, 시간이 지날수록 더욱 어두워져만 가는 하늘에서는 급기야 양동이로 물을 들이붓듯 물벼락이 쏟아졌다. 다랑논 하나 하나를 경계 짓는 둑 너머로 빗물은 넘쳐흐르기 시작했고, 불안한 생각이 들어 다랑논둑으로 접근하는 순간 몇 걸음 앞쪽 둑의 틈으로 새어 나온 빗물이 아래쪽 논으로 흘러내리기 시작했다.

급한 마음에 발밑의 진흙을 한 움큼 쥐고 물이 새는 틈을 막는 찰나, 발밑의 둑이 무너지면서 진흙과 돌무더기들과 함께 한 길 아래로 떨어져 버렸다. 정신을 차리기도 전에 바로 옆 둑이 재차 무너지기 시작하여 진흙 범벅이 된 나는 잽싸게 두 팔을 벌려 온몸으로 그

둑을 막았다.

여전히 하늘에선 엄청난 양의 비는 계속 내렸고
어찌 내 한 몸으로 막는단 말인가? 역부족이었다.

연신 쏟아지는 비와 멈출 줄을 모르고 계속해서 무너지는 둑. 힘
없이 찢어진 우의는 어깨에만 간신히 붙어 있고 나의 하반신은 진흙
더미에 묻혔으며, 장화는 언제 어디서 벗겨졌는지 찾을 수조차 없
었다.

논둑은 이미 거대한 폭포가 되어 흙탕물을 아래로 아래로 끌어내
리고 있었다. 진흙 속에 묻힌 몸을 일으키고 농막으로 걸어가는 도
중 오른쪽 무릎과 정강이와 발등 그리고 왼쪽 발등이 쓰려 왔다. 간
신히 흙더미를 던져 내고 살펴보니 붉은 피가 흐르고 있었고, 다리
를 살피는 오른쪽 팔 안쪽과 손가락과 손톱 아래 이곳저곳에서도 언
제 다친 건지 빨간 피가 흘러내렸다.

아무래도 진흙을 움켜쥐고 둑이 무너질 때 함께 떨어지는 과정에
서 상처를 입었던 것이다. 제법 큰 부상이었지만 지체할 시간이 없
었다. 가까스로 지혈을 한 후 연고와 물파스로 기본적인 처치를 마
쳤다. 일회용 반창고로 해결할 정도의 가벼운 상처가 아니었기에
일시 지혈을 하고 일어서야 했다.

다시 한 번 힘을 내어 일어나 임시 거처로 사용하던 비닐하우스

안의 분위기가 이상함을 느끼고 쳐다보는 그 순간, 이번에는 범람한 개울물이 비닐하우스 안으로 물밀듯 들어오고 있었다. 이 역시 어쩔 도리가 없는 상황의 연속이었다.

우선 급한 대로 중요한 것부터 챙겨야 하지만, 나답지 않게 허둥대기만 할 뿐 무엇부터 챙겨야 할지 난감하기만 했다. 그 사이 개울둑을 넘어 비닐하우스 바닥으로 빠르게 들어온 물줄기는 순식간에 바닥을 점령해 버렸고, 무시무시한 대자연 앞에서 나는 그저 발목까지 차올라오는 물속에 그냥 서 있을 수밖에 없었다.

개울을 넘어 흘러들어오는 물소리는 무서웠고 비닐 하우스지붕을 두드리는 빗소리는 엄청났다. 채 정리하지 못하여 그대로 두었던 몇 개의 박스 속에 있던 책과 생활용품, CD박스가 흙탕물에 못쓰게 되었지만 나는 그 자리에서 웃어 버렸다.

웃는 거 외에 내가 할 수 있는 것은
아무것도 없었기 때문이다.

그날 늦은 오후, 도저히 멈추지 않을 것만 같던 비는 신기하게도 멈추었다. 나는 그때까지 흙탕물이 범람했던 비닐하우스 안에서 넋 나간 사람처럼 우두커니 서 있었을 뿐이었다. 그다음 날부터 나는 폭우가 만든 결과를 수습하였는데, 일주일 이상 살인적인 무더위 속에서 또 다른 싸움을 하게 되었다.

햇볕 드는 양지에 앉아 해바라기를 하며 나만의 겨울을 즐기곤 한다.
얼굴과 온몸을 쓰다듬어 주는 태양빛에 내 몸을 맡기며
나만의 겨울에 의미를 부여했다.
"따뜻한 겨울을 겨울이라 할 수 있을까?" 라고 중얼거리며…….

05

따뜻한 겨울을
겨울이라 할 수 있을까

자다가도 몇 번씩이나 눈을 뜨게 된다. 잠결에 덮고 있는 오리털 이불 위로 머리를 내밀면 얼굴이 시려 나도 모르게 잠에서 깨어나는 것이다.

비닐하우스 안의 온도는 영하 8도. 일기 예보엔 영하 6도라고 했지만, 이곳 골짜기는 예보하는 온도보다 더 추운 기운이 감돈다.

전기장판 하나에 의존하는 겨울 생활이라 실내 온도는 외부 온도와 별반 차이가 없다. 비닐 한 겹으로 된 비닐하우스 내부의 기온은 밖과 안의 차이가 없다. 단지 바람만 막아질 뿐이다. 떠다 놓은 식수와 냉장고 안에 넣지 못한 모든 음식은 한겨울 추위에 꽁꽁 얼어 버린다.

아침이 되면 제일 먼저 손에 쥐는 것이 있다. 바로 '망치'다. 망치를 들고 개울에 가야 얼음을 깰 수 있고, 얼음을 깨야 식수를 구하고 간단하게 세수라도 할 수 있기 때문이다.

　큰 주전자에 물을 데워 머리도 감고 밀린 면도를 할 때도 있지만, 거의 매일 찬물에 세수를 한다. 머리가 맑아지고 개운해지는 느낌이 좋아서이기도 하지만 머리와 얼굴의 찬물을 닦으면 온몸에서 열기가 생기기 때문이다. 지난밤 추위를 잊게 할 정도로…….

한낮에도 영하의 추위가 지속되는 날이면
햇볕 드는 양지에 앉아 해바라기를 하며
나만의 겨울을 즐기곤 한다.

도시인들은 스키장을 찾으며 겨울을 즐기거나
따스한 온기가 감도는 실내에서
창밖의 겨울을 쳐다보고 있을 거라는 생각으로
낮 시간을 보내기도 하지만, 종일 비춰 주는 태양에
감사하고 얼굴과 온몸을 쓰다듬어 주는 태양빛에
내 몸을 맡기며 나만의 겨울에 의미를 부여했다.

"따뜻한 겨울을 겨울이라 할 수 있을까?"
라고 중얼거리며…….

귀농을 꿈꾸는 이들에게

그러한 자연과 더불어 살 수 있다는 것 함께하면서 소통할 수 있고
서로 통하여 합이 될 수만 있다면 더 이상 무엇을 바랄까.
나의 귀농은 자연 속에서 그들과 함께함이었다.

06

나는 왜 귀농을
선택했는가? (1)

"그리움은 그리움을 낳고
외로움은 외로움을 부른다."
이렇게들 말한다.

하늘과 바람
구름과 햇살
나무
풀잎 그리고 아침이슬
흙 그리고 흙 내음

야생화······.

그들에겐
그리움도 외로움도 없다.
때가 되면
약속을 지키고
때가 지나면
물러섬에 주저함이 없고
남김에
미련을 두지 않는다.

야생초에게
얼른 꽃을 피워 내라고 말할 필요가 없다.
재촉한다고
기다린다고
서둘러 꽃피워 주는 야생초는
이 세상에 없다.

자연은
그대로 두어도
때를 알고
시기를 지나치지 않는다.

무던히도 참을 줄 알고
지독한 고통을 겪더라도
내색하지 않는다.

서로를 미워하지 않으면서
내치지도 않고
상생하는 법을 알고 있다.

그러한 자연과 더불어 살 수 있다는 것, 함께하면서 소통할 수 있고 서로 통하여 합이 될 수만 있다면 더 이상 무엇을 바랄까. 나의 귀농은 자연 속에서 그들과 함께함이었다.

2003년 9월 12일에 시작되어 다음 날까지 불어닥친 태풍매미는 남부 해안가를 무참히 짓밟고 지나갔다.

육지의 도로 위에 있어야 할 자동차, 마을길이 끝나는 지점과 그 길옆에 옹기종기 모여 있었을 아담한 가옥들, 바다 위에서 흰 포말을 일으키며 달리던 배. 이 모든 것들의 위치를 뒤바꿔 놓았던 태풍 매미. 자동차는 바닷속으로, 배는 육지 위로, 제 모습을 잃어버린 처참한 가옥들의 모습까지⋯⋯.

나는 상상 속 지옥의 모습으로 변해 버린 참담한 광경을 직접 경험하게 되었다. 당시 고등학교에서 미술을 가르치던 교사직을 마치고 남해에서 작품 연구를 위해 망운산이 지척에 있는 곳에 조그만 화실을 갖고 있던 나는 거대한 태풍이 휩쓸고 지나간 현장에서 그저 고개를 들지 못한 채 숙연해질 수밖에 없었다.

　태풍으로 삶의 터전을 잃어버려 비통해진 마음을 쓸어내리며 울부짖는 사람들의 모습을 뒤로한 채 조용한 걸음으로 망운산을 올랐다.

　역시 그곳에도 태풍 매미가 남겨 놓은 흔적들이 계곡과 산길 곳곳에서 검고 어두운 빛의 슬픔으로 변하여 겹겹이 쌓여 있었고, 가까이에서 알 수 없는 소리가 들리는 것 같아 토사가 밀려 내린 산길 한쪽에 자리 잡고 앉아 주변을 살펴보게 되었다.

　그곳에는 물봉선과 고마리 풀이 황토더미에 깔려 잎사귀와 줄기 일부만 드러낸 채로 하늘빛을 받기 위해 힘겨운 몸짓을 하고 있었다. 고마리 풀은 몸 전체가 황토더미에 깔렸는데도 여리고 가는 가지 끝부분만 바깥으로 드러난 상태였지만 꽃 몇 송이를 피워 내고 있었고, 물봉선은 몸체 아랫부분을 덮고 있는 굵은 돌무더기에 허리를 내어준 채 소담스런 꽃을 보듬고 있었다.

　조금씩 아주 조심스럽게 그들을 일으켜 세우는 작업을 시작하였지만 역시나 역부족이었다. 호미나 삽 혹은 조그만 모종삽이라도 미리 준비하였다면 한결 수월했을 터인데 맨손과 부러진 나뭇가지만으로 하려니 한계가 있었다. 신발과 바지가 황토진흙으로 엉망이 된 것은 물론이었고, 두 손 역시 온통 흙 범벅이 되었다.

물봉선과 고마리 풀 그리고 쑥부쟁이, 바랭이, 억새풀 등
시야에 들어오는 모든 야생초들에게
"힘들지? 우리 사람들도 힘들단다. 힘을 내!"
라며 몇 마디를 남긴 채 조금은
쓸쓸한 표정을 뒤로하고 산을 내려왔다.

화실 역시 다를 바 없었다. 마당엔 바람결에 날아 들어온 잔가지
들의 잔해가 이리저리 널려 있었고, 출입구 문짝은 문틀이 비틀어
져 어정쩡한 모습을 한 채 큰바람 큰비가 지나가도록 뭘 하고 이제
오느냐고 투정하고 있었다. 그런가 하면 마당 뒤쪽 화장실 지붕에
있던 물탱크는 바람에 날려가 저쪽으로 떨어져 버려 당분간 화장실
사용을 곤란하게 했다

정리하는 데 며칠을 보내던 어느 날,
문득 망운산의 그 야생초들이 궁금해졌다.

망운산 아래쪽에 있는 화실이라 호미와 삽 한 자루를 들고 장화
까지 신은 차림으로 며칠 전 그곳으로 향했다. 얼마가지 않아 그곳
에 다다른 나는 깜짝 놀라고 말았다. 눈앞에 펼쳐진 이 광경을 '경이
로움'이라 해야 할까? 그날 그 시간에 느꼈던 감동을 표현할 언어가
딱히 떠오르지 않는 것은 지금 생각해도 마찬가지이다.
그들은 스스로 일어나고 있었을 뿐만 아니라 며칠 전 그날보다 오

히려 더 많은 꽃송이를 피우고 있었다. 여기저기 태풍의 잔해와 밀려 내려온 토사들이 없었다면 그 무섭고 모진 태풍을 겪은 야생초들이라 어찌 믿겠는가 싶을 정도로 그들은 훌륭하게 일어서는 중이었고 아름다운 꽃을 피우고 있었다.

그들뿐만 아니었다. 가지가 부러진 소나무와 참나무, 상수리나무, 오리나무, 물푸레나무 등등 모든 나무들과 야생초들은 예전보다 더 찬란한 초록빛을 띠며 푸른 하늘을 향하고 있었고, 큼지막한 바위돌이 굴러 떨어진 저쪽 계곡에서는 그날의 황토물이 아닌 투명하고 맑디맑은 물을 내려놓고 있었다.

산비둘기 한 무리가 유연한 날갯짓으로 하늘로 다가가다 늦여름의 햇살을 피해 저쪽 산그늘 속으로 날아가고 있었다. 큰일이 있기 전의 제 모습을 다시 만들어 가는 자연의 모습을, 그 믿을 수 없을 만큼 놀라운 광경을, 나는 그날 보았다.

누가 그들에게 큰비가 온다고 말해 주었던가.
어느 누구도 그들에게 물길을 만들어 주며
큰물을 피할 수 있게 하지 않았다.
누가 그들에게 큰 바람이 온다고 미리 말해 주었는가.
어느 누구도 그들에게 안전한 바람막이가 되어 주지 않았다.
누가 그들에게 예쁜 꽃을 피우라고 거름을 뿌려 주었는가.
아무도 그렇게 하지 않았다.

그렇게 하지 않았지만 그들은 스스로 일어나면서 마치 아무 일이 없었던 것처럼 보란 듯이 꽃을 피우고 있었다. 다시 일어나는데 힘들었겠지만 의연했고, 큰바람에 할퀴어도 아픈 기색하지 않고, 토사에 억눌려도 탓하지 않고, 온몸이 부서져도 원망하지 않으며, 오직 저들 스스로 일어나고 있었다.

그 순간은 지금도 잊지 못하고 지금 현재의 나를 추스르는 데 든든한 버팀목으로서 큰 역할을 하고 있다. 나는 그 현장에서 큰 결심을 하게 된다.

"저들과 함께 살자.
저들 옆에서 저들과 대화하며 느낌을 공유하며 살자."

그 순간 그 현장에 가기 전까지 내가 가졌던 모든 것들이 지나는 바람 속으로 사라져 버리고 있었다.

대학에 시간 강사 자리라도 얻어 교수님 소리를 듣고 싶다던 욕심, 작가로서의 명예, 개인전을 열어 많은 사람들의 찬사와 박수소리를 희망한 나, 돈을 많이 벌어 좀 더 고급스런 생활을 하고 싶던 욕망, 지금보다 더 나은 승용차를 굴려 보고 싶다던 꿈 등등 모든 것들이 바람 속으로 사라지고 있었다. 그런가 하면 그동안 욕심으로 살아온 나 자신이 한없이 부끄럽게 여겨져 자꾸만 자꾸만 작아지는 것 같았다.

들고 간 호미와 삽을 쳐다보았다. 호미와 삽을 보는 순간 새로운 감정이 되어 가슴속에서 피어올랐다. 그림을 그리는 데 필수적이어서 소중하게 아끼는 붓보다 호미와 삽에 더한 애착심을 느끼게 되는 순간이었다.

삽 한 자루, 호미 하나!
한손엔 삽을 들고 다른 한손엔 호미를 들자.
정갈한 옷 입고 먹을 갈며
하얀 화선지 위에 먹으로 그림을 그리며 사는 삶보다
자연 속에서 자연을 배우고 닮아 자연처럼 살 수만 있다면
그리하여 자연과 맘껏 대화하고 산다면
이 세상에 무엇이 부러울까?
그 어떠한 삶도 부럽지 않을 것이다.

그날부터 나의 귀농 계획은 시작되고 있었다.
내려오는 산길에서는 매미가 노래하고 있었다. 며칠 전의 악몽을 벌써 잊은 듯 맑고 청량한 그 소리로 내게 이렇게 속삭이고 있었다.

"아무 일도 일어나지 않았어.
아무 일도 없었던 거야.
아픈 것은 기억할 필요가 없어.
좋은 일만 기억하며
앞으로 더 좋은 일을 만드는 거야."

그날부터 2009년 귀농하기까지 수많은 일을 겪으면서 아픈 것들은 기억이란 페이지에 기록하지 않고 슬픔은 다시 겪지 않으려고 노력하며 6년이란 세월을 보냈다. 그 6년의 시간 속엔 나만의 귀농 준비가 차근차근 진행되었음은 당연한 일이었다.

그것은 오직 하나, 자연을 스승으로 삼고 그 스승에게서
순수와 진리를 공부하게 되면 언젠가는 나의 몸과 마음이
자연과 통하게 되어 자연과 스스럼없이 대화할 수 있겠다는 소신을
저버리지 않기 때문이며 귀농생활로 그 일을 완수하여 언젠가는
자연과 합을 이루겠다는 나만의 철학을 가졌기 때문이다.

07

나는 왜 귀농을
선택했는가? (2)

사람 사는 사회에서 많은 이들로부터 주목을 받고 인기인이 되어 어딜 가더라도 환영받는 삶을 산다는 것은 분명 행복한 일이다. 그러나 어떤 삶을 살게 되더라도 마음자리가 어디에 위치하는가에 따라 행복지수에는 차이가 있을 것이다.

귀농은 도시인이 시골 농부가 되는 것을 말한다. 문화를 즐기고 과학 문명의 혜택을 누리는 편리한 도시의 삶을 버리고 낯선 땅에 정착하여 농부가 된다는 것은 결코 쉬운 일이 아니다.

나를 알고 있는 사람들은 내게 귀농을 선택하게 된 이유에 대해 질문을 한다. 그러면 나는 자연스럽게 태풍 매미를 겪으면서 느낀

심경의 변화를 말해 준다.

"감성적으로 귀농을 하셨군요."

이런 말을 몇 번 들은 적이 있다.

그때마다 나는 이렇게 대답한다.

"자연을 얼마나 아십니까?"

대개는 별 소득 없는 대화 나눔으로 끝나지만, 어떤 땐 주제가 자연이 되어 긴 시간 대화가 지속되다가 마지막엔 "참 대단하십니다." 라는 말로 기나긴 대화의 종지부를 찍게 된다.

자연은 감성으로 접근한다고 해서
접근이 빠르다거나 쉬운 상대가 아니다.
오히려 이성적인 접근이 훨씬 올바른 접근방식이다.

자연 속에서 자연이란 환경을 만끽하며 살아갈 수 있는 방법은 많다. 넉넉한 경제력이 있다면 경치 좋은 곳에 동화 속 궁전 같은 집을 짓고 마당 안쪽으로 물레방아 도는 연못을 만들어 수련을 키우고 집 뒤쪽 텃밭에 고추랑 상추를 가꿔 수확의 즐거움을 누릴 수 있다. 또 밤엔 별이랑 달을 보며 전원생활이 주는 낭만을 누리며 살아갈 수 있다.

그런가 하면 주말 별장 삼아 전원주택을 구입하여 도시의 삶에 지

첬을 때 한 번씩 들러 자연이 주는 순수한 환경 속에서 심신의 휴식을 취하여 에너지를 충전하는 방법도 있다. 이렇게 감성적으로 자연에 다가갈 수 있는 방법은 꼭 귀농이 아닐 수도 있다.

간혹 귀농 상담을 하다 보면 돈벌이와 동시에 자연 속에서 살 수 있다는 이유를 들어 귀농을 계획하게 되었다는 사람들을 많이 만나게 된다. 귀농 계획을 세우고 희망하게 된 구체적인 이유를 들어 보면 열이면 열, 백이면 백 유사하거나 공통된 부분을 찾기 힘들다. 모두 제각각의 이유가 있었다.

그중에서도 위험한 경우라면, 친구 혹은 아는 지인이 시골에 내려가 귀농하여 자연 속에서 사는 모습이 부러운 마음에 귀농 계획을 세웠다는 이야기다. 물론 시골을 겉으로 보는 도시인들의 마음엔 아름답고 여유로울 것이다.

도시인들이 복잡한 도시를 벗어나 시골길을 가게 될 때 차창으로 보이는 모든 풍경은 평화롭고 아름답다. 친구나 지인이 사는 곳을 방문했을 때 텃밭의 싱싱한 채소가 식탁을 장식하고, 식사 후엔 맑고 청명한 공기 속에서 마시게 되는 차 한 잔이 만든 분위기라면 부러움과 동경심은 절정에 이르게 된다.

그러나 그것은 시골의 그러한 과정이 만들어지기까지 수많은 땀과 힘겨운 노동이 있었기에 가능한 결과이다. 경제력이 충분하다면 문제는 별개지만, 농사가 직업인 농부가 되려고 귀농을 한다면 감성적인 접근보다는 이성적인 접근과 계획이 우선되어야 한다.

이쯤에서 한 가지 중요한 것을 짚어 보면, 빠른 기간 안에 돈을 많이 벌겠다는 생각으로 귀농을 계획한다면 하루빨리 그 귀농계획을 접어야 한다는 점이다. 텃밭농사가 아닌 농사는 사업이기 때문이다.

경제학을 전공하지 않았기에 자세한 언급은 못하지만, 사업은 투자가 많을수록 성공률이 높아진다는 것은 누구나 다 아는 사실이다. 그럼에도 많은 자금을 갖고 귀농한 사람을 아직 만나 보지 못했다.

일년생 작물을 선택하느냐 아니면 다년생 과수를 선택하느냐에 따라 초기 귀농자금의 차이가 있고, 일년생 작물이라 하여도 시설재배와 노지재배에 따른 준비자금이 다르다. 또 과수를 선택하더라도 어떤 과수를 재배하는가에 따른 준비자금에는 엄청난 차이가 난다.

그리고 귀농에 중요한 하나가 있다면,
분명한 자기만의 철학이 있어야 한다는 것이다.

이것은 가장 중요한 부분이라고 말할 수 있다. 힘들어 지칠 때가 많은 것이 농사일이며, 어려운 점을 극복하여도 자연재해 앞에서는 손쓸 방법 없이 속수무책으로 당하고 만다. 가뭄과 홍수, 태풍, 겨울 추위로 인한 동해와 봄 꽃샘추위에 의한 냉해 그리고 돌풍과 벼락, 우박 등의 자연재해 앞에서는 어쩌지 못하고 고스란히 당할 수밖에 없다.

이럴 때 자기만의 확고한 철학의 부재는 농사일에 흥미를 잃어버리고 변명거리를 만들며 자연을 탓하거나 남의 탓으로 책임을 전가하면서 우울한 날을 보내다 결국엔 귀농생활을 접고 다시 도시로 U턴하는 최후를 맞이하게 된다.

나의 경우, 그렇게 넉넉하지 못한 자금으로 시작하였고 남들이 볼 때 죽을 만큼 힘들고 자연재해 앞에서 몇 번이나 넘어졌을지언정 아직 힘들다거나 어렵다는 생각을 해 본 적이 없다.

그것은 오직 하나, 자연을 스승으로 삼고 그 스승에게서 순수와 진리를 공부하게 되면 언젠가는 나의 몸과 마음이 자연과 통하게 되어 자연과 스스럼없이 대화할 수 있겠다는 소신을 저버리지 않기 때문이며, 귀농생활로 그 일을 완수하여 언젠가는 자연과 합을 이루겠다는 나만의 철학을 가졌기 때문이다.

나는 귀농을 선택했고
현재 귀농인이다.

생명산업인 농업은 미래에 가장
촉망받는 직업이 될 것임은 분명하기 때문이다.
세상의 모든 것이 다 그러하듯 농업에도
새로운 정보와 신기술은 상당한 수준에 이르렀다.
새로운 정보와 신기술 앞에서 귀농인이라면 그 소화력이 대단하다.

08

귀농인은
농촌의 미래다

'귀농'이란 용어는 IMF 시기를 겪으면서 본격적으로 우리 사회에 익숙해졌다.

1997년 말부터 온 나라의 경제에 심각한 어려움으로 다가온 IMF 시기에 시골에 내려와 농사를 짓기 위해 수많은 도시인들이 귀농을 선택하기 시작하였고, 그 이후 경제위기가 닥쳐올 때마다 귀농에 관한 관심은 증폭되어 많은 사람들이 귀농에 관심을 갖게 된다.

그러나 귀농은 단순히 시골에 가서
농사나 짓겠다는 생각으로 출발해서는 안 되는

삶의 아주 귀중한 또 다른 선택이다.

귀농은 귀촌과는 그 성격을 달리 해석하여야 한다. 귀농은 직업이 농부가 되어 농사업을 하는 CEO로서 농업경영인이 되는 일이다. 오늘날의 농부는 농업경영인으로 불리고 있다.

반면 귀촌은 농사의 수입만으로 생계를 유지하지 않아도 되는 것을 말한다. 즉, 연금이나 기타의 수입원이 있어 시골생활에서 경제적인 어려움이 없는 경우를 말한다. 귀촌은 시골의 경치 좋은 터에 아름다운 주택을 짓고 텃밭을 일구면서 시골 문화를 향유하며 살아가는 경우라고 할 수 있다.

그러나 귀농은 앞서 언급한 내용처럼 농사의 결과물을 돈으로 만들어 그것으로 모든 생활을 하여야 하는 전문 농업인이 되는 것이다. 따라서 귀농은 귀촌과는 전혀 다른 성격을 지니므로 그에 맞게 다른 관점으로 접근하여야 한다.

평생 농사를 지으며 살아가는 시골의 대부분 농가들의 경제사정은 열악하다. 그들의 농업기술은 오랜 경험으로 축적되었지만 기술과 생산 그리고 마케팅으로 이어지는 구조적인 부분을 현대화된 오늘의 시스템에 쉽게 접목되지 못하는 관행농법으로 인해 상당한 어려움을 겪고 있는 실정이다. 귀농인은 이러한 관행농법과 새로운 개념의 농사법의 조화를 이루어야 한다.

농촌의 고령화와 공동화는 앞으로 더욱 심각해질 것이다. 귀농인이 도시에서 온 농부로서 단순히 자신의 농사만 생각하는 근시안적인 시각을 갖기보다는 농촌을 더 젊게 하고 미래의 농촌을 발전시키는 뜻도 동시에 세운다면, 시골에서 귀농인의 역할은 아주 중요하게 떠오를 것이다.

농사는 생명산업이며 동시에 미래 산업이다.
이 세상의 모든 먹거리는 땅에서 얻어진다.
그것은 곧 농업이 존재하여야
우리 인류의 미래가 보장됨을 뜻한다.

시골의 평균 연령은 갈수록 높아만 가고, 이에 반비례하여 대를 이어 농사를 짓겠다는 후계자는 드물다. 상황이 이렇게 되면서 귀농인이 해야 할 일은 무척 많아졌다.

나날이 공동화되는 시골을 변화시키고 고령화가 진행되는 농촌을 젊게 만들 수 있는 귀농인이야말로 농업강국인 우리나라의 미래를 살찌우기 위해 반드시 필요한 사람이다. 전문지식을 탐구하고 그 결과를 농사에 활용하는 농업전문 경영인으로서의 귀농인은 우리 모두가 바라는 희망 사항이다.

"내가 농사일을 얼마나 더 하게 될지…….."
"돈 안 되는 일로 고생고생 하는 게 농사인데…….."
"벌어 봤자 농협에 이자 내고 빚 갚고 나면 내 수중에 남는 것이 없어."

"도시에 나간 자식에겐 농사를 짓게 하고 싶은 생각은 없어."

"아무도(자식들) 시골에 들어와서 농사지으며 살려고 안 해."

귀농 6년 생활을 지내면서 정말 흔히 듣게 되는 말들이다. 귀농에 뜻이 있고 실행에 옮기는 귀농인이라면 주의 깊게 새겨들어 귀농 계획을 세우는 데 참고해야 한다. 농촌의 미래는 결코 어둡지 않다.

생명산업인 농업은 미래에 가장 촉망받는 직업이 될 것임은 분명하기 때문이다. 세상의 모든 것이 다 그러하듯 농업에도 새로운 정보와 신기술은 상당한 수준에 이르렀다. 새로운 정보와 신기술 앞에서 귀농인이라면 그 소화력이 대단하다.

정보의 흡수 능력은 물론이거니와 컴퓨터와 스마트폰의 활용도를 극대화시킬 수 있는 능력은 도시에서 온 귀농인이라면 얼마든지 가능한 일이다. 실제로 시골에선 그러한 귀농인이 요구되고 있고, 귀농인은 그 길을 개척해 나가야 한다.

도시의 모든 사람들이 귀농 계획을 세우거나
실제 귀농을 하는 건 아니지만,
귀농이 실행으로 이어진다면 그야말로
'선택받은 훌륭한 일'이라고 말할 수 있다.

도시의 삶을 접고 귀농을 선택하게 되는 이유는 수없이 많다. 수없이 많은 이유로 귀농의 길을 나섰지만 공통된 목적이 있다면, 그것은 바로 행복해지기 위해서이다.

도시의 문화와 시골의 문화는 도시인이었을 때 생각했던 것보다 많은 차이가 있으며, 그 가운데 쉽게 접근하기 힘든 부분이 더 많다. 인생에서 넘기 힘든 고개를 만나면 괴로움을 겪게 되듯 귀농인이 되어도 농사일 앞에서 헤쳐 나가고 극복해야만 되는 일을 여러 차례 만나게 된다.

'행복은 저절로 얻어지지 않는다.'라는 진리를 모르는 사람 있을까? 좀 더 행복하기 위해 숭고한 직업 농사를 선택했다면 그 모든 것을 이겨 내야 할 것이며, 그 후에 찾아오는 보람은 어디에도 견주지 못하는 최고의 행복으로 다가올 것이다.

귀농은 쉬운 일이 아니지만, 그렇다고 해서 포기해서는 더더욱 안 되는 일이다.

밭을 갈고 씨를 뿌린 후
새싹이 돋아나는 경이로움을 맛보고
꽃을 피우고 열매를 맺는 과정을 보며
기쁨으로 충만 되는 수확의 보람을 누리는 농사!
그 후 찾아오는 행복!
이 어찌 숭고한 직업이라고 하지 않을 수 있을까?

나의 욕심 같으면 많은 도시인들이 귀농에 동참하여 나와 같은 길을 걷기를 바라는 마음이지만, 내 마음대로 판단할 수 있는 일은 아니다. 농촌의 고령화와 공동화를 눈으로 직접 보고 미래를 바라보는 현 위치에서 많은 사람들이 귀농을 하면 얼마나 좋을까 하는 바람만은 버리고 싶지 않다.

우리 농촌의 미래는 귀농인으로서 젊어지고 탄탄해질 것이라는 나의 생각이 결코 과장되지 않은 것이었으면 좋겠다.

귀농인 농부! 참 좋은 이름이다. 나는 나의 명함에 담긴 나의 이름 앞에 '귀농인 농부'라고 적었다.

귀농인으로
가는 길

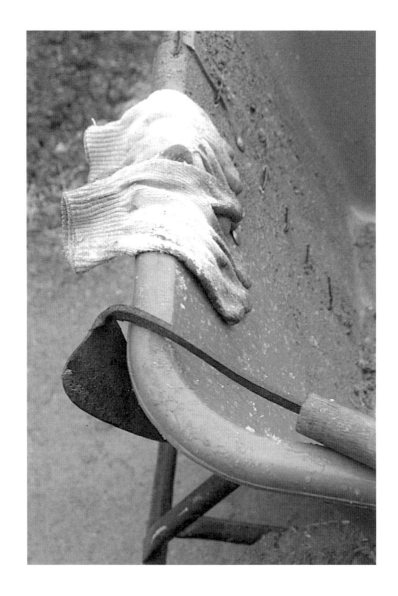

귀농인은 농업인이 되는 것이며 엄연히 직업인으로서 자격을 갖추어야 한다.
다시 말해서 대한민국에서 국민으로 인정받는 주민등록 자격처럼 농사가
주업인 농사업에 종사하는 농부는 자가 소유든 임대한 땅이든
1,000㎡(300평) 이상 경작하여야 하며 농지원부를 발급받고 농업경영체
등록을 마쳐야 비로소 농업인이라는 자격을 갖출 수 있다.

직업이 농사업인
농부

 귀농인은 농업인이 되는 것이며 엄연히 직업인으로서 자격을 갖추어야 한다. 다시 말해서 대한민국에서 국민으로 인정받는 주민등록 자격처럼 농사가 주업인 농사업에 종사하는 농부는 자가 소유든 임대한 땅이든 1,000㎡(300평) 이상 경작하여야 하며 농지원부를 발급받고 농업경영체 등록을 마쳐야 비로소 농업인이라는 자격을 갖출 수 있다.

 여기에서 '농지원부'나 '농업경영체 등록'이란 용어는 도시인들에게는 생소한 말이겠지만, 귀농인에겐 필수적인 일이다.

 그렇다면 농지원부란 무엇이며 그것이 필요한 이유는 무엇인가?

농업경영체 등록은 꼭 해야만 하는가? 이와 관련한 질문을 자주 받게 된다.

　농지의 최소 면적은 1,000㎡(300평) 이상이 되어야
　어떤 작물로 농사를 짓더라도 수익이 발생하기 때문이다.

　1,000㎡(300평) 이상의 농지를 구입하거나 임대 하게 되면 읍면사무소에 신고를 할 수 있고, 신고 절차를 밟은 후 농지원부를 발급받을 수 있으며, 그 농지원부를 첨부하여 각 시군 농산물 품질관리원에 농업경영체 등록을 하게 된다.
　농산물 품질관리원에 '농업경영체'로 등록이 되면 자신의 농사에 대한 구체적인 검정을 받을 수 있기에 농업경영체 등록은 꼭 필요한 일이다. 이러한 절차는 나중에 각종 지원사업에 신청할 수 있는 자격에 필요하며, 농기계를 소유한 경우에는 면세유를 구입할 수 있는 자격도 동시에 부여받는다.

　그 외에 각 읍·면단위의 농협에 조합원으로 등록하면 여러 농자재나 퇴비 구입 시에 보조금 혜택을 누릴 수 있다. 농협의 조합원이 되려면 출자금을 내야 하는데, 그 출자금은 조합원 탈퇴 시에 되돌려 받을 수 있다.
　농협조합원이 되는 과정에도 농지원부와 농업경영체 등록 확인이 되어야 하므로 농지원부와 농업경영체 등록은 농업인이라면 반드시

거쳐야 할 절차이다.

　귀농인 중엔 귀농 교육을 거쳤음에도 농지원부와 농업경영체 등록의 필요성을 인지하지 못하고 있는 경우를 가끔 볼 수 있다. 귀농인이 된 후에 자연적으로 알게 될 부분이지만, 사전에 미리 알아 두면 귀농 초기의 준비 과정에 도움이 되는 일이다.

　농지를 임대할 경우엔 농지원부 발급이나 농업경영체 등록 시 임대계약서가 필요하며, 개인과 개인끼리 작성한 임대계약서는 인정받지 못한다. 임대인과 임차인이 농어촌 공사를 방문하여 작성한 임대 계약서라야 인정받을 수 있으니 반드시 유의하기 바란다.

　농지를 구입하거나 임대를 한 후 해당 농지에 자신이 계획하고 원하는 작물 농사를 시작하여 읍면사무소에 신고를 하면, 담당공무원의 현지 실사 확인을 거쳐 농지원부가 작성된다. 그리고 농업경영체 등록을 마치게 되면 비로소 농업인이 되어 제반 농업활동을 시작할 수 있다.

6년 전 모든 서류상으로 농업인이 되었을 그때
나는 앞으로 펼쳐질 귀농생활에 대한
부푼 꿈이 현실화되는 기쁨에
며칠 잠을 설쳤던 기억이 지금 생각해도 새롭다.

농지구입과 작물의 선택을 두고 어느 것이 우선이냐는 질문을 받는다면
나는 그 둘을 똑같은 수평선상에 놓고 검토해야 한다고 말한다.
농지구입을 먼저 한 후 작물을 선택하다 보면 작물선택의 범위가
한정될 수 있고, 작물 선택을 먼저 한 후 농지 구입을 하는
경우에는 농지 구입의 어려움에 봉착하게 된다.

02

농지 구입과
작물 선택

   농사를 지으려면 농지가 있어야 한다는 것은 너무나 당연한 사실이다. 그리고 농사의 주체인 작물의 선택은 농지 구입과 마찬가지로 아주 신중하게 판단하고 선택해야 한다.

   농지구입과 작물의 선택을 두고 어느 것이 우선이냐는 질문을 받는다면, 나는 그 둘을 똑같은 수평선상에 놓고 검토해야 한다고 말한다. 농지구입을 먼저 한 후 작물을 선택하다 보면 작물선택의 범위가 한정될 수 있고, 작물 선택을 먼저 한 후 농지 구입을 하는 경우에는 농지 구입의 어려움에 봉착하게 된다.

우리나라의 기후는
사계절이 뚜렷하기 때문에 작물의 선택폭이 넓다.

계절에 따라 생산되는 농산물의 종류도 다양하고, 계절을 앞당겨
생산할 수 있는 농산물 또한 종류가 여러 가지이다. 일반적인 노지
재배가 있고, 인위적인 환경을 만들어 계절과 상관없이 시설재배가
가능한 농산물이 있다.

이것은 단지 일년생 채소나 과일에게만 국한되는 일이 아니라 오
늘의 농업 현실이다. 가온시설이 된 비닐하우스에서 계절에 구애받
지 않고 훌륭하게 채소나 과일을 재배한 지 이미 오래다.

도시인이 귀농에 대한 계획을 세우는 과정에서 어느 특정지역을
먼저 선택하게 되는 경우가 많다. 도시를 떠나 시골에서 삶을 새로
이 시작하는 마음에 어느 지역에 가서 살고 싶다는 생각을 갖는 것
은 어쩌면 당연한 일일 것이다.

그렇다면 그 지역에 맞는 작물을 선택하여야 한다. 예를 들어 귀
농지를 강원도로 정하였다면, 강원도 기후에 맞는 작물을 선택하여
야 함은 당연 하다.

귀농을 위한 지역과 작물이 정해지면 세심한 준비작업에 임하여
야 하며, 그 준비작업은 결코 서두를 일이 아니다. 귀농은 귀촌과는
달라 경치 좋은 곳에서 낭만을 즐기며 여유로운 생활만을 하기 위한

목적이 아니기 때문에 농지를 구입할 땐 해당 작물의 농사에 적합한 농지를 구입하여야 한다.

주변 환경 좋고 멋있는 경치를 즐길 수 있는 농지를 구할 수 있다면 그거야말로 두말할 필요가 없는 지극히 바람직하고 모두가 원하는 일이겠지만, 그러한 농지를 구하는 일은 쉽지 않다. 있다면 가격이 만만찮아 귀농 초기부담으로 작용한다.

좋은 농지란 일조량이 많아야 하고
도로가 있어 접근성이 좋아야 한다.

농사에 필요한 물을 쉽게 사용할 수 있는 조건인가를 점검하여야 하고, 전기가 들어오는 지역이라야 한다. 도로가 없다면 도로를 개설할 수 있는가에 대한 검토를 하여야 한다.

만일 전기가 없다면 전기를 끌어들이는 데 드는 비용부담이 적어야 한다. 기존 전기가 있는 곳에서 200m 이내의 거리는 계량기 설치비용만 들지만, 200m 이상인 경우에는 1m가 추가될 때마다 설치비를 지불 해야 하기 때문이다. 거리가 멀수록 많은 돈을 한전에 지불해야 한다.

농사용 물이 없다면 지하수로써 물을 해결해야 한다. 지하수 공사를 할 수 있는 여건, 즉 지하수 공사 차량의 접근이 가능한 지역이어야 함은 당연하다. 또한 지하수가 해결되면 지하수를 끌어올리는 전력이 필요하다.

이처럼 도로와 전기시설은 어느 한쪽이 미비하면 모두가 불가능한 일이 되어 버린다. 도로와 전기를 미처 살펴보지 않고 농지를 구입해 버리면 이러지도 못하고 저러지도 못하는 상황에 직면하여 결국 낭패를 겪게 된다.

어느 지역의 농지를 구입한 귀농인의 예를 통해 농지 구입이 얼마나 중요한가를 알아보자.

그 농지로 진입하기 위해서는 다른 농지를 이용하지 않으면 안 되는 상황이었다. 이 때문에 다른 농지보다 가격이 저렴하여, 그는 그 저렴한 농지를 구입하게 된다. 물론 계약 전에 진입도로의 개설을 허용한다는 약속을 받고 농지를 구입 한 것이다.

그러나 계약 전과 정반대의 상황이 되어 버렸다. 진입도로 개설의 약속은 지켜지지 않아 구입한 농지의 활용은 불가능한 일이 된 것이다. 결국 그는 귀농의 꿈을 이루지 못하고 경제적 · 정신적 고통으로 시름의 나날을 보내고 있다.

또 다른 예가 있다. 구입한 농지로 가는 진입로는 있지만 경운기 정도의 통행만 가능한 좁은 농로였기에 농사를 짓기 위한 시설과 주택의 건축허가는 불가능한 농지를 구입하게 된 경우이다.

시골의 농로 내용을 살펴보면 아주 복잡하게 얽혀 있는 경우가 많다. 도시인이 생각하기에는 일반적인 길이라고 생각하지만, 그 길(농로)은 현지인들이 자신의 땅을 조금씩 양보하여 필요한 만큼, 즉 사람의 통행이나 경운기 정도 지나다닐 수 있는 길을 만들어 공동으로 사용하기 위해 만든 길이기에 그 길을 확장한다는 일은 결코 쉬운 일이 아니다.

이 두 가지 예에서 공통으로 알 수 있는 것은 그러한 농지는 다른 농지에 비해 가격이 저렴하다는 것이다. 도시에서 귀농하는 사람들은 저렴한 가격이 우선 마음에 들어 구입하게 된다.

농지의 구입은 쉬운 일이 아니다.
조그만 텃밭을 가꾸면서 시골의 맑은 공기와
아름다운 환경을 즐기며 그림 같은 집을 짓고
살기 위해 시골로 내려오는 귀촌일 경우에도 도로와 전기 그리고 건축(주택)허가를 받을 수 있는 땅을 구입해야 되는 것 처럼 오직 전업농의 농지 구입은 정말 신중을 기해서 판단해야 한다.

일조량은 물론이며 진입로와 전기 그리고 농사용 물의 확보에 어려움이 없는 농지를 구입하여야 하므로 다각도의 점검이 필수적이다. 귀촌과 달리 귀농에 필요한 농지는 규모가 크다. 이 때문에 여러 제반 여건이 충족되었거나 개발에 장애가 없는 농지를 구입해야 할 것이다.

농사는 1차 산업이기에 많은 노동력이 필요하며
적절한 규모의 농업에 가족의 힘이 보태진다면
지극히 바람직한 일이다.

03

강소농(强小農)과
가족농(家族農)

 한자의 뜻이 그대로 말해 주듯 '강소농'이란 작지만 강한 농업이란
뜻이며, '가족농'이란 다른 일손을 빌리지 않고 가족의 협력으로 농
사를 짓는 일이다. 이는 귀농인들에게 권하고 싶은 농업 형태이다.
 넓은 면적의 농지에서 대규모의 농사를 짓는 일은 , 이곳 농부들에
게도 어려운 일일 뿐만 아니라, 귀농인에게는 특히나 더 힘들고 어
려운 일이다. 따라서 농지의 규모는 작지만 소득을 극대화할 수 있
는 농업을 권하고 싶다.
 농사는 1차 산업이기에 많은 노동력이 필요하며 적절한 규모의 농
업에 가족의 힘이 보태진다면 지극히 바람직한 일이다. 일손이 부

족한 경우가 많은 농사일에서 남의 손을 빌려 농사를 지을 경우, 인건비 지출의 부담이 적지 않기 때문이다.

　작은 규모의 농지에서 가족의 힘으로 결과를 거둔다면
　귀농의 보람으로 연결될 것임은 분명하다.

　작은 규모의 농지에서 소득을 창출할 수 있는 작물은 많다. 각 지자체의 농업기술원(도 단위)과 농업기술센터(시·군 단위) 그리고 이미 귀농한 선배 귀농인들에게 자문을 구하면 어렵지 않게 해답을 찾을 수 있다.

　자문을 구할 때 유의할 점이 있다면 큰 귀로 경청하고 신중한 마음가짐으로 판단해야 하며 자신의 체력과 가족의 협력정도를 감안해야 할 것이다. 큰 귀로 경청하라 함은 어느 한 부분에 치우치거나 솔깃하지 말라는 이야기다.

　1차 산업인 농사는 시작에서 결과물을 얻을 때까지 많은 시간이 필요하다. 그리고 많은 변수가 작용해 예측을 빗나가는 경우가 많다. 귀농에 정착한 귀농인은 정착에 이르기까지 힘들고 어려운 과정을 수없이 겪었으며 그 모든 것을 이겨 낸 경우이다.

　이미 정착한 귀농인의 농장에서 경영되는 작물이 나에게도 적당한 작물인가에 대한 판단은 신중을 기울여야 한다. 어떤 작물이 고소득을 가져다준다는 정보를 구했다면, 자신도 그와 같은 소득을 얻을 수 있을 것이라는 생각을 하기 전에 거쳐야 할 단계가 있다. 그 작물의 재배 관리에 대한 지식을 갖추는 것은 당연하지만, 그 이전에 자신의 체력과 노동력이 감당할 수 있는가에 대한 점검이 더 우선적이다.

　그 작물의 재배관리에 대한 지식을 갖추지도 않고 소득이 좋다는 생각만으로 덤벼들었다가는 제대로 관리도 되지 않을뿐더러 체력과 노동력 또한 따라 주지 않아 작물 관리에 빈틈이 생겨 기대에 미치지 못한 결과를 초래하는 경우가 많기 때문이다.

　결국 남의 일손을 빌려야 하지만, 시골에서 일손 구하기는 생각보다 어렵다. 구하더라도 인건비 지출은 적지 않다.

　농사는 다른 사업과 차별되는 사업이다.
　투기성의 성격이거나 한 번 잘해서
　일확천금을 노리는 사업이 아니다.

　마라톤과 같이 꾸준함과 그 꾸준함을 뒷받침하는 체력이 있어야 하고, 가장 가까운 관계인 가족의 협력이 있어야 원하는 목적을 이룰 수 있다. 규모가 큰 농사를 지으려면 농기계의 힘을 이용하여야 하고, 생각보다 많은 일손이 필요하다.

　한때는 도시인이었던 귀농인에게 가장 필요한 농사는 '작은 규모지만 강한 농업'이며 '강한 농업'이라 함은 농사로서 얻게 되는 소득이 안정되어 도시에서의 생활에 비하여 뒤지지 않아야 한다는 것이다.

귀농에 있어서 가족의 협력은 그 어떤 것보다 중요하다. 농사에 필요한 기술력과 생산력 그리고 마케팅에 이르기까지 가족의 협력과 노동의 분담은 귀농 정착에 대한 꿈의 실현을 앞당겨 줄 것이다.

오늘이 며칠이라는 숫자 개념은 없고
무슨 요일인지도 모르고 지낸다.
날씨의 춥고 더움, 흐리고 비가 오거나 바람이 분다는
기상상황에 더 관심을 갖게 된다.

04

힘들지
않습니까?

"힘들지 않습니까?"

방문하는 사람들에게서 한 번씩 듣게 되는 말이다. 그리고 그다음
으로 많이 듣는 말이 있다.

"어려운 귀농을 왜 선택하셨습니까?
농사는 아무나 하는 게 아닌데······.
지금이라도 도시생활을 다시 하고 싶지는 않습니까?"

이러한 말을 듣게 될 때마다 나는 나 자신에게 감사하게 된다.

농사일은 1차 산업이라 노동이 필요하며 힘이 많이 필요하다. 하루 일을 마감하는 시간이 되면 약한 바람결 정도에도 넘어질 것 같이 지쳐 있다. 땀을 많이 흘린 날엔 더욱 그러하다. 일에 몰두하다 보면 매번 식사시간이 잘 지켜지지 않는다. 오늘이 며칠이라는 숫자 개념은 없고 무슨 요일인지 모르고 지낸다. 날씨의 춥고 더움, 흐리고 비가 오거나 바람이 분다는 기상상황에 더 관심을 갖게 된다.

이 정도 노력이면 도시에서 매월 꼬박꼬박 월급 받으며 편하게 지낼 수 있을 거라는 주변 사람들의 말을 들으면서 씨익 웃는 여유를 보여 주는 일에 이젠 익숙하다. 내 스스로에게 감사를 하는 일에 버릇이 된 지 오래다.

귀농 전에는 노동과는 거리가 먼 생활을 하면서 창작에 대한 고통으로 두려움을 느끼던 내가 귀농 후에는 여태까지 한 번도 일에 대한 두려움을 느껴 보지 못했다. 다만 안 하던 노동을 하다 보니 힘에 부칠 때가 많다. 그러면 그 자리가 풀밭이든 돌밭이든 흙 고랑이든 장소를 가리지 않고 냅다 드러누워 버린다.

그때 바라보는 하늘은 푸른색에 흰 구름이 조화롭게 어우러져 있어 피로를 잊어버리고 만다. 거기에 맑고 청아한 새소리를 듣게 되면 없던 힘도 생겨난다.

일 마치는 시간 저녁노을이 아름다우면
스스로에게 "나는 지금 행복하다."고 말해 준다.

개울물에서 땀을 씻어 낸 후 저녁상을 앞에 두면, 가슴 저 아래에서부터 기쁨이 온몸으로 퍼져 나가는 것을 느끼게 된다. 그날의 일을 다 마쳤다는 보람이 나를 그렇게 만든 것이다.

자신이 경영하는 농원의 일을 남이 대신 해 주지 않는다. 자신이 모든 일을 헤쳐 나가야 한다. 오늘 다하지 못한 일은 내일이면 없어지지 않기에 해야 할 일은 당연히 그날 당일에 마무리해야 한다.

자기 자신을 통제하는 사람은 오직 자기 자신이다. 자기 자신을 통제하고 다독거리는 일은 오직 자기 혼자만의 몫이다.

하루 일을 마치는 시간에 내일 해야 할 일을 계획하고 그 일을 완수했을 때의 보람은 어디에도 비교할 수 없다.

저녁을 마치고 밤하늘의 별들을 벗하며
쉬는 시간에 밤 풀벌레들의 노래가 어우러져
하모니를 이루면, 그 시간은 극락이요 천당이다.

가까운 산에서 들리는 들짐승 소리는 익숙해져 오히려 자장가로 삼는다. 소쩍새가 밤을 새워 노래하는 날, 막걸리 한 잔 따르며 걸쭉한 노래를 한두 곡 부르기도 한다. 어떤 땐 한두 곡이 아니라 열 곡이 넘을 때도 있다.

동녘으로 뜨는 달을 반기고 새벽별에 정을 느끼게 되는 시골생활을 하면서 어찌 힘들다고 말할 수 있을까!

외지인이 들어오면, 호기심과 관심이 지나쳐 마을 사람들 모임에서
대화의 주제가 되는 경우가 허다하다. 끼리끼리 모여,
있지도 않은 일을 만들어 엉뚱한 결과를 만들어 내기도 하고
심지어는 외면해 버리는 서글픈 일 앞에 직면할 때도 있다.

05

귀농인과
현지인

외지에서 들어와 농촌에서 농사를 지으며 살아가는 일상생활에서 본업인 농사일 외에도 겪게 되는 많은 부분을 결코 외면 할 수 없다.

사람 사는 사회는 어디나 마찬가지다. 도시에서보다 시골에서 사람들과 어울리는 일이 더 어려운 경우가 있다. 물론 본인의 처신에 달렸겠지만, 먼저 시골 현지인을 이해하여야 한다.

젊은 사람은 드물고 평균 육칠십 대의 연령층이 대부분인 시골 마을에서는 대화의 폭이 한정되어 있는 경우가 많음을 알아야 한다.

외지인이 들어오면, 호기심과 관심이 지나쳐 마을 사람들 모임에서 대화의 주제가 되는 경우가 허다하다. 끼리끼리 모여, 있지도 않은 일을 만들어 엉뚱한 결과를 만들어 내기도 하고

심지어는 외면해 버리는 서글픈 일 앞에 직면할 때도 있다.

그것들에 연연해한다면 오히려 역효과를 초래할 수도 있다. 조용히 차분하게 자신의 목표를 위해 앞으로 나아간다면 언젠가는 자신을 바로 알리게 되는 기회가 다가온다.

경우에 없는 일을 당하더라도
입장을 바꿔 생각하는 여유를 가진다면
감당하지 못할 일은 없다.

정도를 넘어 친근감을 표현한다는 것은 일시적으로 한계가 있다.

기다려야 한다. 자신을 가다듬으며 기다려야 한다. 미워하지도 욕하지도 말고, 서운한 마음도 버리고 묵묵히 자신의 일에 집중하며 건실한 생활을 하다 보면 후일엔 좋은 결과를 맞이하게 될 것이다.

좋은 사람도 많다. 후덕한 인심으로 걱정해 주고 도움을 주는 사람들도 만나게 된다.

시골은 소수의 인구가 대문을 잠그지 않은 채 살아가는 곳이다. 아파트 문을 항상 잠그고 살아가는 도시와는 사뭇 다르다. 도시생활은 복잡하고 관심을 가져야 할 일들이 많지만, 노령층이 대부분

인 시골 마을에서는 눈앞에 새로운 일이 나타나면 두고두고 이야깃 거리가 된다.

항상 좋은 마음으로 얼굴을 대하고 자신의 행동에 감사하는 자세를 갖춰져 있다면 어려운 점은 없다. 시골이 아니어도 우리 사회에서는 한두 번 사람을 만난 결과로 판단 하고 단정 지은 후 자기 나름대로 그 사람을 대하는 방법을 찾는 경우가 허다하지 않던가.

자신의 마음자리를 잘 가꾸는 것은 이 모든 부분을 슬기롭게 대처하는 방법이다. 귀농하여 외진 곳에 혼자 사는 사람을 두고 약간 사이코 기질이 있는 사람이라며 본질을 폄하하더라도 마음에 두지 말아야 하며, 도시에서 어떠어떠한 몹쓸 과거가 있어 귀농했다는 오해를 받더라도 반응하지 말아야 한다. 시간이 지나고 세월이 흐르면 모든 것은 본래의 자리를 찾게 될 것이기 때문이다.

나무 밑둥치에서부터 가지 끝까지
덩굴 식물이 타고 올라가도
그 나무는 묵묵히 참고 견디어 낸다.
흙먼지가 날아다니는 지독한 가뭄에도
산야의 야생초들은 타는 목마름을 참아 내며
언젠가는 꽃을 피운다.

저들도 참고 견디는데 우리 사람이 어찌 남을 미워하고 서운한 마음을 가질 수가 있을까. 지나고 나면 다 그리워질 시간들이라 여겨질 것인데…….

　길을 막아 출입을 못하게 하는 경우의 이야기를 듣는다. 현지인들
과의 소통의 부재에서 일어난 일이라 생각하지만, 그 내용을 들여
다보면 다소 억울한 측면도 있었다.

　비만 오면 이웃한 현지인의 농지에서 물이 흘러내려 아래에 있던
귀농인의 농지가 피해를 보게 되는 경우도 있다. 배수로의 필요성
에 대해서는 앞에서도 말했다. 그런데 "물은 위에서 아래로 내려가
는 것이 이치이며 하늘이 하는 일을 어쩌란 말이냐?" 하며 근본적이
고 항구적인 해결을 외면하는 현지인의 태도 앞에서 답답함을 감추
지 못할 수도 있다.

　하늘이 하는 일이란 것만을 주장하는 현지인에게 사람이라면 그
에 대한 대비를 할 수 있어야 한다고 설명하며 일일이 응대할 필요
는 없다. 귀농인 스스로 그 해결책을 찾아야 한다. 왜 그래야 하느
냐고 반문을 하겠지만, 그 또한 귀농인이 해야 할 일이기 때문이다.

　시기와 질투는 어느 사회에서나 흔한 일이다. 욕심이 빚어내는 시
기와 질투는 시골에서도 존재한다.

　귀농 전 도시에서의 자신에 대한 과시성 발언을 함부로　해서는
안 된다. 농사의 잘됨을 섣부르게 자랑 해서도 안 된다. 또 신 농
법을 알고 있다면 그것을 무턱대고 현지인에게 강요하지 않아야 한
다. 그것들은 시기와 질투를 일으키는 요인이 되고, 곧 현지인들의

반감으로 이어지기 때문이다.

　길을 막아도 당연하게 여기는 현지인이나 배수로 공사를 귀농인이 하여도 그 결과에 대하여 말 한마디 없는 현지인을 탓하지 말아야 한다. 시간이 지나고 세월이 흐르는 과정에서 그 해답을 찾게 될 것이기 때문이다.

　참고 지내기 위해 귀농을 하지 않았다고 큰소리로 외칠 필요 없다. 전생에 진 빚을 갚고 있다고 생각하면 마음은 한결 편안해진다.

　주변에서 말없이 지켜보는 사람들이
마음으로 격려하고 있다는 것을 잊지 말아야 한다.

　명분이 분명하고 옳은 일이라면 오래 기다리지 않아도 마음의 평화를 만나게 될 것이다.

마음에 외로움이 있다면 몸은 자유롭지 못하고
몸이 자유롭지 못하면 농사일에 지장을 주는
다른 방향으로 눈길이 가게 되며
오히려 그곳에서 자유를 찾게 된다.

06

사람이니까
외롭다?

　사람은 사회적 동물이기에 주변에 사람 없이 혼자 있게 되면 외로움을 느끼게 된다. 가족과 함께 귀농하지 않은 귀농인들의 경우엔 특히나 혼자 있는 시간이 많고, 스스로 자신의 통제가 어려울 때 외로움을 느끼게 된다.

　간혹 혼자 귀농한 사람의 경우를 볼 때 외로움을 느끼는 것은 어찌 보면 당연한 일인지도 모르겠다.

　주변에 자연이란 좋은 환경이 있어도 가까이에 사람이 없다면 외로움을 견딜 방법을 찾게 되고 그 방법을 찾는다는 것이 술을 마시거나 비싼 통화료를 지불하면서 밤새 도시의 가족이나 지인들과의 통화에 매달리게 된다.

그러나 그건 적절한 방법이 아니며 근본적인 해결책도 아니다. 귀농이란 사회와의 단절을 의미하는 것이 아니지 않은가.

각 지자체마다 귀농인들의 모임이 있고 같은 작물을 재배하는 주변 농부가 있다. 그들과 소통하고 서로 왕래하며 좋은 유대감을 형성한다면, 마치 절해고도에서 느끼는 것 같은 외로움을 줄일 수 있는 좋은 방법이 될 것이다.

목적의식을 분명하게 설정하는 것도
외로움을 극복하는 하나의 방법이 된다.

매일 영농일지를 기록하며 자신을 재점검하고 농사일에 대한 계획과 점검으로 자신의 위치를 살펴보는 것은 스스로에게 책임과 의무를 부여한다. 그리고 그 책임을 완수하기 위해 어떤 노력으로 임해야 하는 것인가에 대한 의무감이 있다면, 외롭다는 감상에 쉽게 빠지지 않을 것이다.

외로움을 달랜다고 술을 찾는 귀농인을 보면 진정 안타까운 생각이 앞선다. 마음에 외로움이 있다면 몸은 자유롭지 못하고, 몸이 자유롭지 못하면 농사일에 지장을 주는 다른 방향으로 눈길이 가게 되며 오히려 그곳에서 자유를 찾게 된다.

"바쁘면 외로울 시간도 없다."

이렇게 말들을 하지만, 시골의 자연환경은 외로움보다 풍족한 정신세계를 선물하기 때문에 오히려 외로움을 잊게 될 것이다.

야생초들의 번식력은 가히 상상을 초월한다.
종족 번식을 위하여 씨를 맺고
그 씨를 바람에 날려 보내는
그들의 노력은 정말 대단하다.

07

야생초,
그들도 살려고 태어났다

나의 농원을 방문하는 사람들 중에 어떤 이는

"사장님 풀이 많네요. 정리 좀 하시지요?"

웃자고 하는 말이다.

실제로 나의 농원은 다른 농원처럼 깔끔한 인상을 주지 못한다. 나는 잡초라고 부르기보다 '야생초'라 부르기 좋아하고 그들이 좋다. 그러한 이유 때문인지 나의 농원엔 여기저기에 많은 야생초들이 자라고 있다. 사실 정확하게 말하자면, 지저분해 보일 정도다

개망초, 강아지풀, 바랭이, 쑥, 클로버, 억새 한삼덩쿨 등등 다른 농장의 경우라면 벌써 예초기의 칼날에 베이거나 제초제의 독성

에 이미 고사되고 말았을 것이다.

"씨 맺기 전에 저것들을 빨리 없애야지, 나중에 어찌 감당하려고 저렇게 놔둡니까?"

과연 틀린 말이 아니다.

야생초들의 번식력은 가히 상상을 초월한다.
종족 번식을 위하여 씨를 맺고
그 씨를 바람에 날려 보내는
그들의 노력은 정말 대단하다.

실제로 밭작물에 야생초가 번창을 하면 농사를 망치게 된다. 텃밭에 상추와 열무, 고추, 방아, 쌈채소, 가지와 토마토들을 심었지만 야생초를 그냥 방치하는 바람에 텃밭작물들을 제대로 수확하지 못했다.

텃밭 채소나 작물들은 야생초의 끈질긴 도전을 이기지 못한다. 야생초가 땅속으로 뿌리를 내려 작물들의 양분을 빼앗아 가고 웃자라 그늘을 만드는 바람에, 작물들은 양분을 빼앗기고 햇빛도 보지 못하여 그대로 고사하고 만 것이다.

그렇다고 야생초들을 모조리 제거할 수는 없었다. 그들도 살려고 태어났는데…….

그래서 나의 농원엔 야생초들과의 적절한 공생의 방법을 찾았다. 아예 처음부터 야생초가 자라지 못하도록 바닥엔 방초매트를 깔고, 작물에 직접 피해를 주지 않은 곳은 그대로 두고, 피해가 될 성싶은 야생초들은 적절한 시기에 호미나 낫 예초기로 제거를 하는 방법이다.

그런 연유로 여기저기에 야생초들이 수북하게 잘 자라게 되었고, 농원은 방문하는 이로 하여금 지저분한 인상을 주기에 이르렀다.

지난 칠월 말 야생초 일부분을 제거하면서
"미안하다."라는 말을 수백 번도 더 했을 성싶다.

도시의 시멘트길 모퉁이 빈곳이거나 돌계단 틈새에서도 자라는 야생초들이기에 방초매트 틈새에서도 어김없이 뿌리를 내리고 자라는 야생초를 제거할 때에는 제법 많은 시간을 마음의 준비로 보낸다.

왜냐하면, 어려운 공간에 뿌리를 내리고 자라는 야생초를 한 번에 쉽게 제거하기가 미안했기 때문이다. 농사를 짓는 입장에서는 야생초가 귀찮은 존재이고 미운 마음이 들게 하지만 야생초 하나를 따로 놓고 본다면 참 예쁜 존재이다. 그들도 살려고 태어났지 않은가.

간혹 한낮의 햇빛 속으로 잘못 기어 나온 지렁이를 보게 될 때가

있다. 나는 지렁이를 보게 될 때마다 반가운 마음이 든다. 그것은
나의 땅이 살아 있다는 증거이기 때문이다.

　땡볕에 신음하는 지렁이를 보는 즉시
　두 손에 담아 풀 그늘 안으로 돌려보낸다.
　지렁이도 살아야 하기 때문이다.

그들은 나를 향한 꼬리 흔듦과 몸짓 그리고 나에게만 내는
특유의 소리로서 애정을 표현하며 건강하게 잘 지내고 있다.
그들을 볼 때마다 나는 감사하는 마음과 날마다 더해지는
사랑을 숨길 수가 없다. 그들은 나의 훌륭한 동반자다.

08

내겐 특별한
온달장군과 평강공주

    시골생활을 차지하는 일 가운데 한 부분으로 반려견을 키우는 일이 있다.

    반려견과 함께 지내다 보면 시골 생활에서 여러모로 도움이 된다. 개가 짖으면 "그놈 밥값 하네!" 하고 말할 정도로 개는 낯설거나 평소와 다른 상황이 눈앞에서 일어나면 누가 시키지도 않았는데 잘도 짖는다.

    시골은 마을과 동떨어져 한적하거나 외진 곳이 많고, 심지어 사람의 왕래가 거의 없는 깊은 골짜기에서 생활하는 경우도 있다. 이럴 때 개를 키우면 야생동물의 접근을 막을 수 있고, 어떠한 상황이 닥

쳐 올 때 미리 대비할 수 있게 해 주는 역할을 톡톡히 수행한다. 그
뿐만이 아니다.

> 개는 자칫 외로울 수도 있는 상황에서
> 대화 상대도 되어 주기 때문에
> 소중한 가족이 되어 줄 수 있다.

　나의 농원에는 온달장군과 평강공주 그리고 알콩이와 달콩이가
있으며 블루와 베리 이렇게 여섯 마리의 반려견이 나의 동반자가 되
어 함께 생활하고 있다. 여섯 마리의 동반자 중 온달장군과 평강공
주에 관한 특별한 이야기를 소개하고자 한다.
　약 이십 일의 간격을 두고 평강공주가 먼저 이곳에 오게 되고 평
강공주와 같은 또래인 온달장군을 분양 받게 되어 나의 농원에 가족
으로 합류하게 되었다.
　생후 2개월이 채 안 된 어린 강아지의 모습으로 온 흰색의 평강공
주와 검은색의 온달장군. 귀여운 새끼 강아지 두 마리를 두고 며칠
간의 고민 끝에 결국 '온달장군'과 '평강공주'로 이름을 짓게 되었고,
지금은 간단하게 장군이와 평강이로 부르고 있다.
　2년이 지난 후 농원 지킴이로서 아주 훌륭하게 성장을 하던 중 그
들 사이에 예쁜 강아지 일곱 마리가 태어났다. 우리 농원에 생명이
태어나는 행운이, 식구가 늘어나는 행복이 깃든 것이다. 그리고 일
곱 강아지 중 세 강아지는 지인의 집에 각각 분양되었다.

재작년 팔월, 더위가 막바지에 이른 날이었다.

평강이는 배속에서 자라는 새끼들을 위한 왕성한 식욕을 앞세워 사료를 잘 먹었지만, 장군이는 더위를 먹었는지 물 외의 사료는 거의 먹지 않고 힘없이 주저앉아 있는 날이 많았다. 걱정되는 마음에 나는 장군이를 데리고 읍의 가축병원으로 향했다.

늘 조용한 농원에서만 생활하던 장군이는 차와 사람이 많은 읍의 분위기에 주눅이 들고 낯선 가축병원의 분위기에 적응하지 못하고 긴장하여, 테이블 아래로 기어들어 가 숨기도 하고 병원의 구석으로 도망 다니기 일쑤였다.

겨우 달래고 진정시켜 진찰을 받기 위한 준비를 하는 순간, 장군이는 다른 손님이 들어오는 틈을 이용하여 열린 출입문으로 달아나 버렸다. 평소 굼은 녀석의 행동이라고는 믿을 수 없을 만큼 순식간에 잽싼 도망을 해버린 것이다.

바로 뒤따라 나갔지만 장군이의 모습은 어디에서도 보이지 않았고, 애타는 심정으로 이곳저곳을 다니며 장군이를 불렀지만 장군이의 흔적은 어디에서도 찾을 길이 없었다. 지나는 사람을 붙잡고 물어도, 길옆의 좌판상인에게 물어도, 어느 누구도 장군이를 본 사람은 없었다.

한 시간 넘게 큰길 작은 길 골목길을 다니면서 장군이를 부르며 애타게 찾았지만 장군이는 어디에서도 보이지 않았다. 마음이 불안해지고 머릿속엔 온갖 상상이 들었지만, 장군이를 꼭 찾겠다는 마음에 장군이를 부르며 사방을 헤매었다. 아마 지나가는 사람들에게는 내가 정신 이상자처럼 보였을지도 모를 일이었다.

한참 장군이를 부르며 찾던 중에 지나가는 중학생 정도의 학생에게 장군이의 모습을 설명하고 혹시 보았는지 물었다.

"아, 검은 개요? 저쪽 골목에 있던데요?"

그 말을 듣는 순간, 학생이 가리키는 골목으로 달렸다.

내 생애 그렇게 빨리 달린 적이 또 있었을까.

장군이는 어느 집 대문 앞 그늘에 기진맥진한 모습으로 비스듬히 누워 있었고, 자기를 부르며 달려가는 나를 알아보고는 꼬리치며 나를 향해 벌떡 일어나 달려오기 시작했다. 우리는 서로 얼싸안았다.

장군이는 나의 얼굴과 목을 핥으며 계속 꼬리를 쳤고, 그런 장군이를 나는 힘주어 안아 주었다. 그 순간, 눈물이 내 볼을 타고 내렸다.

장군이를 안고 다시 병원으로 가서 영양주사를 맞히고 돌아왔다. 농원으로 돌아오는 차 속에서 장군이는 나만 쳐다보고 있었다. 나역시 장군이를 마주보며 "사랑한다."라는 말을 수없이 중얼거렸다.

그 일이 있고 난 후 약 3주가 지난 어느 날.

평강이는 이른 아침부터 한낮에 걸쳐 어린 강아지 일곱 마리를 순산하였다. 채 눈도 뜨지 못한 어린 강아지들은 수시로 어미젖을 찾아 젖을 먹었지만, 평강이는 출산 후 아무것도 먹지 않아 걱정으로 하루를 보냈고 그다음 날도 평강이의 상태는 마찬가지였다.

'새끼를 낳는 과정에서 고생하였기에 그러할 것이다.'라는 막연한 생각으로 또 하루를 보냈지만, 5일을 넘겨도 평강이에게는 변화가 없었고 아무것도 먹지 않은 탓에 어미의 젖은 돌지 않아 눈도 뜨지 않은 새끼들은 그저 빈 젖을 빨 뿐이었다.

읍의 가축병원에 찾아가 그동안의 상황을 설명하였고, 의사 선생님의 답변을 듣자마자 다시 농원으로 급하게 돌아가야 했다. 의사 선생님의 말씀은 대략 이러했다. 초산일 경우 어미가 탈진하여 당분간 식욕이 없을 경우와 아직 배속에 새끼가 남아 있을 경우엔 어떤 먹이도 입에 대지 않는다는 것이다.

전자의 경우는 평소 먹는 사료가 아닌 식욕을 돋우는 생선이나 고기를 주면 식욕이 되살아나지만, 후자의 경우는 제왕절개 수술을 하여야 하며 배속에 새끼가 남아 있다면 5일이나 지났기에 배속의 새끼는 이미 죽었을 확률이 높아 어미의 생명까지 위험하다고 하였다.

큰일이었다. 만약에 후자의 경우라면 평강이의 생명을 장담하지 못하고 태어난 지 이제 막 5일 된 눈도 뜨지 못한 어린 새끼들도 더이상 살지 못하는 최악의 상황이 벌어지기 때문이었다.

빨리 돌아가 어미의 배를 만지면 새끼의 잔존 여부를 알 수 있다기에 나는 농원을 향하여 급하게 달렸다.

농원에 도착하여 평강이의 배 이곳저곳을 만져 보았지만 특이한 이물감은 느껴지지 않았다. 안도의 한숨을 내쉰 나는 전자의 경우라 생각하여, 친척의 어장에서 매일 생선을 구해다가 미역국을 끓여 밥을 말아 먹이는 산바라지를 하게 된다.

그 후 차츰 식욕을 되찾은 평강이는 일곱 마리의 새끼들을 훌륭하게 키워 냈고, 나는 2개월 넘게 아침과 저녁으로 생선미역국과 밥으로 평강이를 돌보았다.

그 새끼 강아지들은 이제 성견이 되어 알콩이와 달콩이의 이름과 블루와 베리의 이름으로 불리며 나의 농원의 든든한 가족 구성원이 되었다.

그들은 나를 향한 꼬리 흔듦과 몸짓
그리고 나에게만 내는 특유의 소리로서
애정을 표현하며 건강하게 잘 지내고 있다.
그들을 볼 때마다 나는 감사하는 마음과
날마다 더해지는 사랑을 숨길 수가 없다.
그들은 나의 훌륭한 동반자다.

성공적인 귀농을
위하여

우리 생활에도 양념이 있다.
'취미생활'이 그것이다.
한적하고 조용하기만 한 시골 생활에서
한두 가지의 취미생활은 필수적인 요소이다.

01

귀농생활의
양념

음식 맛을 내려면 양념이 필수적이다. 인공조미료나 천연조미료로서 양념을 하여 맛을 내기도 하고 식자재 중 적절한 것들을 사용하기도 하여 음식 맛을 좋게 하는 것이 양념이다.

우리 생활에도 양념이 있다. '취미생활'이 그것이다. 한적하고 조용하기만 한 시골 생활에서 한두 가지의 취미생활은 필수적인 요소이다.

농사일은 육체적으로 많은 노동이 요구되고 상황에 따라 정신적인 피로도 자주 겪게 된다. 하늘에서부터 시작된 어둠이 땅 밑으로 짙게 깔릴 때까지 일을 할 경우도 있고, 어느 날은 야생초와 잔디

위에 누워 한낮 따사로운 햇살을 이불 삼아 늘어지게 낮잠을 잘 만큼 한가한 날도 있다.

> 다양한 시간 속에서 많은 변화를 보이는 것이
> 농사일이며, 그 숱한 과정에서 자신에게 알맞은 취미생활은
> 정신건강에도 좋고 생활에도 큰 활력을 얻게 한다.

더 중요한 것은 귀농에 어울리는 취미생활을 갖게 됨으로써 시골생활에 애착을 갖게 하여 귀농생활이 정착될 때까지의 힘들고 어려운 시기를 견뎌 내게 하는 색다른 에너지가 된다는 것이다. 그리고 귀농 정착 이후에는 바람직한 시골생활에 향기를 품게 한다.

시골의 조용한 환경은 책읽기에 참 적합하다. 쉬는 시간 틈틈이 독서를 한다는 것은 넉넉한 마음을 갖게 하여 마음에 풍요로움을 더할 것이다.

소음이 없는 시골은 음악 감상하기에 더없이 좋은 환경이다. 간단한 새미클래식부터 심포니 오케스트라의 연주를 감상하는 시간은 일에 지친 몸과 마음을 부드럽게 어루만져 준다. 음악을 감상하며 곁들이는 한 잔의 차는 귀농생활을 윤택하게 만들기에 충분할 것이다. 자기가 경작하는 작물에도 음악을 들려준다면 더 바랄 게 있을까.

천연염색을 취미생활로 하게 되면 또 다른 세상을 만날 수 있다. 도시에서는 재료 구하기도 힘들지만, 막상 재료를 구한다 하더라도 작업과정의 부담 때문에 어려움이 많다.

시골의 산야에서는 어딜 가나 천연염색 재료를 만나 볼 수 있다. 황토, 애기똥풀, 개모시, 쑥, 감, 양파껍질 등등 주변을 둘러보면 '널려 있다'고 해도 과장된 말이 아니다. 메리골드를 농원 주변에 심는 것도 좋은 방법이다.

귀농 전 천염염색 공부를 틈틈이 하여 귀농 후 실천하게 되면 가족들의 옷이나 침구 등의 생활용품에 천연염색을 할 수 있고, 방문하는 지인들에게 소품을 만들어 선물을 하면 귀농생활의 또 다른 행복을 맛볼 수 있을 것이다.

악기 연주 또한 시골의 고즈넉한 분위기에 어울리는 훌륭한 취미생활이다. 요즘 색소폰 연주가 많은 분들의 관심사가 되고 있다고 들었다. 색소폰뿐만 아니라 기타, 아코디언, 오카리나, 하모니카 같은 악기를 다룰 수만 있다면 일과를 마치고 저녁상을 물린 후 밤하늘의 별과 달을 벗 삼아 멋진 연주시간을 스스로 연출할 수 있을 것이다.

어느 정도 실력이 되면 동네잔치나 특별한 날에 좋은 연주로서 주변분들에게 들려 드리면서 현지인들과 유대감을 형성하거나 정을 나누는 시간도 가질 수 있을 것이다. 이 또한 귀농 계획을 세우면서 틈틈이 배워 볼 만한 일이다.

회화나 조각 같은 창작 활동도 멋있는 일이며,
산야의 야생화나 분재 키우는 일도
시골생활의 단조로움이나 무료함을 달래 준다.

자연효소를 계절별로 만드는 것도 부수입을 올리는 좋은 취미라고 할 수 있다. 온갖 야생초와 식물들이 즐비한 시골에서는 마음만 먹으면 자연 효소를 얼마든지 담글 수 있다. 가까운 곳에 한 번씩 등산을 가는 것도 좋은 일이며, 낚시도 여가시간을 보낼 수 있는 좋은 취미생활이다.

그 외에도 여가를 의미 있게 보내면서 삶에 활력을 불어넣어 주는 취미생활은 본인의 취향에 맞게끔 얼마든지 선택할 수 있다. 귀농인으로서 취미생활 한두 개쯤은 가져 볼 만하며 그것은 귀농생활을 윤택하게 해 줄 것이다.

나의 취미는 DSLR카메라 사진 촬영이다. 멀리 가지 않더라도 주변 모두가 촬영의 소재가 되기 때문에 나 스스로 기쁨을 창조해 내고 있다.

요즘은 취미가 같은 동호인들과의 모임에 한 번씩 동참하여 즐거움을 나누는 시간을 자주 갖기도 한다.

귀농은 차근차근 계획을 세워야 하는 것은
아주 중요한 일이라는 것을 누구나 다 아는 사실이다.

확실한 귀농 결심을 세웠다면 이번에는
취미생활에 대한 검토를 하여 귀농 계획에 꼭 넣기 바란다.

유의할 점을 딱 한 가지 말하자면, 어떤 취미를 갖게 되더라도 그 취미에 너무 깊이 빠져서는 안 된다는 점이다. 자칫 본업인 농사일에 지장을 초래 할 수도 있기 때문이다.

도시의 잡다한 소음을 나쁜 음파라고 한다면 시골에서 듣게 되는 맑은 새소리는
좋은 음파라고 할 수 있다. 도시의 소음은 사람의 기분을 상하게 하지만
청아한 새들의 노랫소리는 사람의 기분을 맑게 해 준다. 기분이 상하게 되면
건강을 해칠 수도 있지만 기분이 맑아지면 건강에 도움이 된다.

02

좋은 음파를
내 작물에게

어디에서 살아가든 소리를 외면할 수는 없다. 그리고 우리는 그 소리들을 들으며 살아가고 있다. 음의 발원지에서 파장을 일으켜 우리의 귀에까지 도달하면. 우리는 그 소리들을 감지하면서 느낌으로 받아들인다.

음파에는 좋은 음파와 나쁜 음파가 있어 도움이 될 수도 있고, 그 반대로 장애를 일으켜 피해를 입을 수도 있다. 도시의 잡다한 소음을 나쁜 음파라고 한다면, 시골에서 듣게 되는 맑은 새소리는 좋은 음파라고 할 수 있다.

도시의 소음은 사람의 기분을 상하게 하지만 청아한 새들의 노랫

소리는 사람의 기분을 맑게 해 준다. 기분이 상하게 되면 건강을 해칠 수도 있지만, 기분이 맑아지면 건강에 도움이 된다.

사람뿐만 아니라 이 세상에 존재하는 모든 것들에서 음파는 좋은 결과 아니면 나쁜 결과를 만들고 있다. 좋은 말은 좋은 음파를 만들고 나쁜 말은 나쁜 음파를 만든다. 좋은 소리에서 좋은 음파가 발생하고, 나쁜 소리에서는 나쁜 음파가 만들어진다.

사람에게 상스런 욕을 하게 되면 듣는 사람은 기분을 상하게 된다. 이것은 상스런 욕에서 뿜어져 나오는 나쁜 음파가 상대에게 전달되었기 때문이다.

이와는 반대로 "좋아한다."거나 "사랑한다." 그리고 "아름답다." "감사합니다." "고맙습니다."등의 좋은 소리를 전하게 되면, 상대방의 기분은 아주 좋아진다. 그것 역시 말하는 순간, 상대에게 좋은 음파로 전달되었기 때문이다.

어디에서 살아가더라도
우리는 좋은 음파를 전하고
좋은 음파를 들으며 좋은 음파 속에서
지낼 수 있다면 참 좋은 일이다.

나는 나의 작물들에게 좋은 음파를 들려주기 위해 노력을 아끼지 않는다. 몇 해 전 4월의 꽃샘추위에 블루베리 여린 새순들과 꽃들이 냉해를 입고 있었다.

수정을 위한 벌들이 블루베리 나뭇가지에서 갓 피어나기 시작한 블루베리 꽃과 꽃 사이를 누비는 광경을 보고 있는 농부의 마음은 얼마나 뿌듯한지 모른다. 그해 농사의 성공 예측을 가늠하며 바라보는 농부의 마음은 그 무엇으로 다 표현할 수 있을까.

그런데 어느 날 갑자기 꽃샘추위가 찾아와 이제 갓 피어나기 시작한 꽃들이 냉해를 입기 시작했다. 가지 끝에서 시들해져 가는 블루베리 위를 활발하고 분주하게 다니던 벌들은 갑자기 찾아온 추위를 견디지 못하여 땅바닥에 떨어져 신음했다. 꽃과 함께 돋아나는 여린 새잎마저 냉해를 이기지 못하여 힘없이 고개를 떨구었다.

차디찬 바람은 쉬지 않고 불었고 봄날의 여린 햇살은 그 찬바람을 데워 주는 데 역부족이었다. 블루베리의 꽃과 새순의 피해는 늘어만 갔다.

나는 1,000그루의 블루베리 한 그루 한 그루에게 다가가 두 손으로 둥치를 부여잡고 말했다.

"사랑하는 나의 블루베리! 이 추위를 이겨 내자!"

영하의 기온으로 차가워진 나무둥치를 부여잡고 장갑을 벗어던진 나의 손에서 전해지는 온기를 블루베리들에게 전하면서 "사랑하는 나의 블루베리! 이 추위를 견뎌 내자!"를 외쳤다. 아침부터 시작한 이러한 나의 외침은 저녁 해가 지고 난 다음에야 겨우 끝났다.

1,000그루 나무 전체에 나의 마음과 온기를 전한 것이다.

그다음 날도 꽃샘추위는 계속되었고, 나는 어제처럼 그들에게 나의 사랑과 나의 체온이 만든 온기를 전하는 일을 계속했다. 나는 그 일을 연 삼 일 동안 계속하게 되었고, 점심을 굶은 채 삼 일 동안 사랑과 온기를 전하는 데 매달렸다.

꽃샘추위가 물러간 다음 날 아침, 나는 너무나 감격하고 말았다. 걱정스러운 마음을 가누고 블루베리 곁으로 가는 나의 눈과 귀에서 놀라운 일이 일어나고 있었다.

꽃들과 가지의 새순은 제 빛과 제 모습을 조금씩 되찾고 있었고 꽃과 꽃 사이를 날아다니는 벌들의 날개소리가 들려오고 있었던 것이다. 나는 그 자리에서 큰 목소리로 환호했다.

"장하다! 고맙다! 사랑한다!"

그리고선 다시 그들 한 그루 한 그루를 어제처럼 부여잡고 하루 종일 "장하다! 고맙다! 사랑한다!"를 외치며 나의 마음을 전하였다.

그해 나의 블루베리들은 지난해보다 훨씬 좋은 열매를 수확하게 해 주었다. 귀농 첫해부터 아침에 일어나서 제일 먼저 하는 일은 농원 전체가 들을 수 있는 큰소리로

"좋은 아침! 오늘도 우리 함께

즐겁고 행복한 하루를 보내자!"

이렇게 인사를 나누는 일이다.

그해 나는 냉해로 인하여 피해를 입은 1,000그루 전체에 나의 따뜻한 온기와 진실한 마음을 전했고, 그것이 좋은 결과를 가져다주었다고 믿는다. 그렇게 시작된 블루베리들에게 전하는 아침인사는 지금까지도 매일 이어지고 있으며 수시로 그들과 대화를 나누고 있다.

무농약 친환경재배를 하므로 벌레들의 피해가 있고 여러 가지 병에 시달리게 된다. 무농약 인증을 받았고 앞으로 유기농 친환경재배 인증을 받기 위해 나의 농원에선 농약이나 화학비료를 일절 사용할 수 없다. 벌레가 번성을 하면 손으로 직접 잡고 병이 들면 병든 가지를 제거하여 불에 태워 버리는 방법 외엔 다른 방법이 없다.

친환경 농약을 사용할 수도 있지만,
그보다 더 바람직한 것은 역시
좋은 음파를 들려주는 것이다.

벌레가 파먹어 잎에 상처를 입은 블루베리에게 나는 말한다.
"얼마나 가려웠고 불편했니? 미안하다. 미처 챙기지 못해서!"
가지와 잎에 병이 들면,
"아프게 해서 미안하다! 병든 곳을 제거해 줄게. 조금만 참으렴!"

수확 철엔,

"고맙다, 정말 고맙구나! 사랑해!"

가을 블루베리 잎에 단풍이 들면,

"정말 아름답구나! 사랑한다!"

겨울 추운 날에는,

"우리 이 겨울을 잘 견뎌 내자! 그러면 따뜻하고 찬란한 봄이 올 거야. 내가 너를 사랑하는 거 알고 있지? 사랑해!"

좋은 음파! 사람과 사람 사이에 꼭 필요한 음파 전달이지만, 사람과 작물 사이에서도 아주 좋은 결과를 만들어 내는 것이다.

올해 나는 농원 전체에 스피커를 설치하여 블루베리들에게 음악을 들려준다. 지인에게서 선물 받은 선율 고운 멜로디의 음악으로 좋은 음파를 전달하고 있다. 어느 비료나 거름보다 좋고, 농약과 화학비료를 사용하지 않아도 그들은 잘 견뎌 내면서 건강하다.

좋은 음파, 참 좋은 음파임에 분명하다.

초기엔 농사에 필요한 농자재 구입비용에 적지 않은 비용을
지출하게 되고 귀농 초기부터 수익을 창출하는 것은 무리이기 때문에
귀농생활 시작에서부터 최소 2년에서 길게는 5년 정도의
생활자금과 운전자금을 준비하여야 할 것이다.

03

농촌에서의
생활

흔히 시골에 가서 살면 생활비가 적게 든다는 생각들을 하지만, 실제 농촌에서 생활하다 보면 도시생활 비용에 비교하여 의료보험 절감(농어촌 지역 30%~50% 절감) 혜택 외엔 별다른 차이가 없다.

텃밭농사를 하면서 야채 구입비용을 절감하는 등의 식생활 비용의 절감이 있지만, 눈에 띄게 절감의 효과를 보려면 상당한 시간과 노력이 요구된다. 통신비, 차량 유지비 등등은 도시와 차이가 없으며, 오히려 대형마트가 멀리 있어 도시에서보다 더 불리한 점이 있음을 염두에 두고 계획적인 생활을 해야 한다.

도시에 사는 지인 그리고 손님들의 잦은 방문, 마을의 경조사에 대한 협조부분을 감안하면 그 비용도 적지 않다.

초기엔 농사에 필요한 농자재 구입비용에 적지 않은 비용을 지출하게 되고 귀농 초기부터 수익을 창출하는 것은 무리이기 때문에 귀농생활 시작에서부터 최소 2년에서 길게는 5년 정도의 생활자금과 운전자금을 준비하여야 할 것이다.

원하는 수익을 얻기까지
짜임새 있는 지출 계획을 세워
불필요한 지출을 줄이면서
절약하는 습관을 키워야 한다.

흔히 "시골에서 지내려면 만능 기술자가 되어야 한다."는 말을 한다. 틀린 말이 아니다. 전기라든가 주변의 각종 시설물 설치 및 관리뿐만 아니라 간단한 농기구의 수리, 심지어 용접까지……. 직접해야 할 일은 너무나 많다.

도시에서는 필요하면 기술자를 부르거나 전문가에게 요청하면 단시간에 해결될 수 있는 일이지만, 시골에서는 그렇지 않다. 그렇기 때문에 웬만한 일은 자신이 직접 해결해야 한다.

농사일을 하기 위해서는 창고가 필요하다. 농기구와 기계 그리고 비료와 거름을 보관하기 위해 창고는 농사에 큰 도움이 된다. 규모가 큰 창고야 건축업자에게 맡기면 되지만, 작은 크기의 창고 정도는 본인이 직접 공사를 할 경우에 많은 경비를 줄일 수 있다.

귀농 전, 시골에 가서 살게 되면 '시골이니까 생활비의 절감이 있을 것'이라는 생각과 동시에 '생활경비의 지출은 많이 줄어들 것'이라고 판단들을 하지만, 실상은 그렇지 않다는 점을 알아 두기 바란다.

귀농하면 많은 무상지원이 있다고
미리 잘못 판단하는 사람들이 의외로 많다.
실제로 그러한 잘못된 정보만을 믿고
귀농을 하겠다는 사람들이 있다.

04

정부지원에 대한
올바른 판단

귀농하면 많은 무상지원이 있다고 미리 잘못 판단하는 사람들이 의외로 많다. 실제로 그러한 잘못된 정보만을 믿고 귀농을 하겠다는 사람들이 있다.

나의 농원을 방문하는 예비 귀농인들 중에는 "얼마를 받았습니까?"라는 질문을 하는 사람이 있다. 정부의 지원에 대한 내용을 제대로 파악하지 못하기 때문이다.

지원(군·도·정부 지원 포함)에는 50% 혹은 100% 지원사업이 있지만, 누구나에게 해당되는 것은 아니다. 지원에는 무상지원이 있지만, 일정기간이 지나면 지원금을 전액 상환해야 하는 유상지원도 있다.

귀농을 한다고 해서 아무나에게 지원을 해서는 안 되지 않겠는가. 앞서 기술한 농지원부가 있어야 하고 농업경영체 등록이 되어 있어야 한다. 이것은 귀농에 대한 사실을 확인 할 수 있는 자료가 되기 때문이다.

더불어 귀농 전 도시에서 1년 이상 생활(거주)한 사실이 확인되어야 한다. 귀농 전 귀농교육(귀농학교 같은 곳에서)을 최소 100시간 이상 수료 혹은 졸업한 증명이 있어야 하며, 나이가 젊을수록 지원사업 신청시 평가 점수에 유리하다.

그리고 농지경영규모의 정도와 여러 상황을 종합한 후 점수제로 환산하여 지원이 이뤄지지만, 지원 예산규모에 따라 지원금액의 차이가 많으며 이것은 각 지자체마다 조금씩 다를 수도 있다. 또한 농촌으로 이주한 가족 수에 따라 점수가 다르며 영농경력도 점수에 영향을 준다.

즉, 어떤 지원사업(무상 혹은 유상)이라도
지원 대상자에 대한 선정 기준에 적합하여야
지원의 혜택을 받을 수 있는 것이다.
귀농만 하면 조건 없이 지원을
받을 수 있다는 생각은 하지 않아야 한다.

귀농인을 위한 정부지원사업의 내용은 아래와 같으며, 각 지자체마다 예산의 규모와 금액의 차이가 있을 수 있다. 지원사업 내용 역시 각 지자체마다 조금씩 다를 수 있으므로 귀농한 지역의 농업기술 센터에 상담 및 확인을 하는 것이 좋다.

- 귀농세대 영농정착지원사업
- 귀농세대 노후주택(빈집)수리비 지원사업
- 귀농농업창업자금 지원사업
- 귀농 주택구입(신축) 지원사업
- 농업경영컨설팅 지원사업
- 주택설계비 지원사업

위에 열거한 각 지원사업의 구체적인 내용은 책의 뒤쪽 부록을 참고하기 바란다.

농약을 사용하면서 무농약 친환경재배를 한다고 하는 것은
농부의 양심을 버리는 일이며 고객에 대한 배신행위다.
안전한 먹거리를 재배하여 생산한다는 것은
농부의 기본자세이며 그 결과물을 고객에게
판매하는 것이야말로 보람을 배가시키는 일이다.

05

그건 양심을
속이는 겁니다

　어느 날 언젠가는 귀촌에 뜻을 두고 있는 50대 후반의 직장인이
나의 농원을 방문하여 이런저런 이야기를 주고받게 되었다.

　인근의 도시에서 거주하고 있는 그는 퇴직을 하게 되면 귀촌을 하
여 노후를 조용한 시골에서 보내고 싶다는 생각을 가진 분이기에 대
화의 주제는 자연스럽게 시골생활에 대한 이야기로 이어졌다.

　귀촌에 관심을 두고 있는 그 직장인은 퇴직연금으로 생활할 수 있
는 여건으로, 경제적인 어려움 없이 텃밭에서 제철 채소를 가꾸는
즐거움을 누리며 전망 좋은 곳에서 넓은 정원에 유실수 몇 그루를
심고 창이 넓은 하얀 집에서 살고 싶어 쉬는 날이면 땅을 보러 다닌

다고 했다.

　귀촌과 귀농의 차이점에 대해 서로의 의견을 교환하였고, 시골생활의 장점에 대한 대화를 나누면서 시간 가는 줄 모를 정도로 상당한 시간을 함께했다.

　그 직장인이 귀촌에 대한 이야기를 하면 나는 귀농과 농사에 관한 이야기로써 서로의 마음을 나누는 중, 그 직장인이
　"슬쩍 농약 한 번 치세요. 고생하시지 말고."
　라고 말하는 게 아닌가? 나의 농사가 무농약 친환경재배이기에 그 부분에 대한 이야기를 한창 나누던 중 그 직장인이 나에게 한 말이다.
　조그만 텃밭 농사를 할 경우에도 무농약 농사는 어렵지만 수익을 창출하기 위한 큰 농사에는 더욱 어려움이 따른다는 무농약 농사의 힘든 점을 말하는 나에게던진 말이었다. 그리고 그는 이렇게 덧붙였다.

　"요즘 나오는 농약 중에는
　독성이 오래가지 않는 좋은 농약이 나온다던데,
　그런 농약을 사용하면 될 것 아닙니까?"

　아무 대답을 하지 않고 듣고만 있는 나에게 그 직장인은 자신의 말이 무척 타당하다는 듯 오히려 한 술 더 떠서 다음 말을 이어 갔다.

"수확기에는 농약을 사용하기가 좀 그렇겠지만, 수확하기 전에 농약을 사용하면 고생을 좀 덜 수 있지 않습니까?"

나는 그 직장인의 말을 끝까지 듣다가 이쯤에서 대답을 해야겠기에 이렇게 말했다.

"그건 양심을 속이는 겁니다."

농부가 편하게 농사를 지으려면 방법은 많다. 힘이 들면 대신 일해 줄 사람을 고용하면 되고, 자동화 시설을 설치하면 일손을 덜게 되어 한결 수월하게 농사를 지을 수도 있다. 벌레가 기성을 부리면 그 직장인의 말대로 슬쩍 농약 한번 뿌리면 되고, 풀과의 전쟁을 하지 않으려면 제초제를 뿌리면 된다.

특히 벌레들이 달려들면 벌레들을 제거하느라 이만저만한 고생이 아니다. 농약을 사용하면서 무농약 친환경재배를 한다고 하는 것은 농부의 양심을 버리는 일이며 고객에 대한 배신행위다. 안전한 먹거리를 재배하여 생산한다는 것은 농부의 기본자세이며 그 결과물을 고객에게 판매하는 것이야말로 보람을 배가시키는 일이다.

관행농법에는 많은 농약과 제초제를 사용하기도 한다. 그러나 농약의 사용은 자제해야 하며 농부의 노력만 기울인다면 해결할 수 있는 일이다. 물론 그 노력의 내용은 힘이 들고 어렵다. 많은 시간을 투자해도 완전하게 벌레들을 제거할 수 없다.

그렇지만 슬쩍슬쩍 농약을 살포하면서 안전한 먹거리를 생산한다거나 무농약 내지는 유기농 친환경 재배를 한다고 말해선 안 된다. 정말이지 그것은 양심을 속이는 일이다. 특히나 우리 귀농인은 더욱 그러하지 말았으면 하는 바람이다.

안전한 먹거리를 재배하고 생산하여
판매하는 것이야말로 농부의 기본 의무 아닌가!

지금 그 직장인은 퇴직을 하고 어느 시골에 정착을 했을까? 조그만 텃밭농사를 운영하겠지만 농약과 제초제를 삼가는 농사를 하고 있기를 바랄 뿐이다.

인터넷으로 찾게 되는 정보 중엔 아주 기본적이거나
몇 해 전의 상황이나 통계 결과만을 알 수 있는 것들이 많다.
그리고 핵심적이고 중요한 내용을 찾아내기란 쉽지 않다.

모든 것의 답은
현장에 있다

컴퓨터와 스마트폰만 있으면 온 세상의 소식과 다양한 정보들을 손쉽게 듣거나 얻을 수 있는 세상에 살고 있다. 많은 귀농인들이 귀농계획을 세우면서 그렇게 정보를 구하고 있고 귀농에 임하는 과정에는 컴퓨터와 스마트폰이 일정부분 도움이 되고 있는 것이다.

발품을 팔지 않아도 안방 혹은 손 안에서 원하는 정보를 접하게 되어 다양한 지식을 얻을 수 있게 되는 일은 비용을 절감하고 편리한 점이 있는 것은 사실이다. 그러나 그러한 일(컴퓨터와 스마트폰으로 정보를 확인하는)은 오류를 범할 수 있고 잘못된 길을 걸을 수도 있다.

인터넷으로 찾게 되는 정보 중엔 아주 기본적이거나 몇 해 전의 상황이나 통계 결과만을 알 수 있는 것들이 많다. 그리고 핵심적이고 중요한 내용을 찾아내기란 쉽지 않다.

요즘의 농사법은 해마다 신 농법이 개발되어 현장에 바로 바로 적용되는 실정이다. 컴퓨터와 스마트폰으로 얻게 되는 정보와 지식을 자신의 지역 그리고 자신이 관리하는 농장의 작물관리에 필요한 정보라고 확신하게 되면 정말 어리석은 일을 자초하는 일이 될 수 있다.

인터넷으로 정보를 찾게 되는 것은 일정부분에 한정된다는 것을 명심하여야한다. 즉, 참고를 하는 수준에서 머물고 직접 현장을 찾아 원하는 정보와 궁금한 부분을 해결해야 할 것이다.

현장을 찾는 시기는 봄 여름 가을 겨울 이렇게 사계절을 나눠 방문하여 각 계절별 특징과 상황변화를 자신의 눈으로 직접 확인하는 방법이야말로 가장 바람직한 접근방식이 된다.

선도 농가의 생생한 경험담을 귀담아 듣는 것도 현장에서 이루어져야 한다. 컴퓨터 화면이나 스마트폰의 조그만 화면으로 보는 것과 자신이 직접 현장에서 확인하는 것은 천지 차이라 해도 과언이 아니다.

자신이 경작하고 싶은 작물이
전국 어디서라도 재배가 가능한 작물이라면

전국을 다녀 보는 것이 더 확실한 방법이다.

　단기간에 출하하게 되는 채소류일 경우엔 종자선택과 선별하는 시기에 맞춰 가야하고 일상관리와 수확기에도 찾아가 현장의 상황을 직접 확인해야 한다.
　다년생 과수의 경우도 마찬가지다. 가지치기, 꽃눈관리, 열매관리, 시비, 그리고 수확기에 맞춰 현장을 찾아 실제 상황을 현장에서 보고 확인해야 한다. 그것이야 말로 실감나는 공부가 되고 자신의 농장에 바로 적용하게 되어 실패를 줄이게 되는 아주 좋은 현장학습이 되는 것이다.
　컴퓨터나 스마트폰으로 얻게 되는 정보와 지식에는 한계가 있다는 것을 잊지 말아야 할 것이며 모든 것은 현장에 답이 있다는 것을 명심해야 한다.
　어떤 이는 전화를 걸어 궁금한 모든 것을 해결 하고자 하는 경우도 있다. 이것은 가장 좋지 않은 방법이다.

　농업은 말로 해결되는 것이 아니라
　실제 눈으로 보고 몸으로 하는
　1차 산업이란 것을 알지 못하는 이들을 보면,
　참으로 답답한 생각을 금할 수 없다.

137
귀농인으로 가는 길

성공한 사람에겐 성공한 이유가 있고
실패하는 사람에겐 그 실패의 이유가 있다.
이것은 귀농인에게도 가감 없이
적용되는 진리라고 말할 수 있다.

07

귀농인의 탈농(脫農),
그리고 도시로의 U턴

성공한 사람에겐 성공한 이유가 있고 실패하는 사람에겐 그 실패의 이유가 있다. 이것은 귀농인에게도 가감 없이 적용되는 진리라고 말할 수 있다. 귀농 정착을 잘하고 있는 귀농인은 사전준비와 꼼꼼하고 세심한 판단, 그리고 욕심내지 않는 자세로서 농사에 임하였기에 어려움 없이 귀농 정착을 하게 된다.

힘든 노동과 예상치 못한 자연재해를 겪을지라도
굽히지 않는 정신력과 성실함을 바탕으로 꾸준히
한길을 걷고 있는 귀농인의 귀농 정착은 지극히 순조롭다.

농업기술을 향상시키는 교육을 통해 자기를 개발하고 선진 농가를 찾거나 작목반 활동과 해당 작물의 연구회에 참여하면서 수준 향상을 위해 꾸준히 노력한다면, 원하는 목표를 이룰 수 있는 것이 농업이다.

귀농 정착이 순조로운 귀농인은 귀농 전, 지역의 선택과 원하는 작물의 선정을 위해 정보를 제대로 수집하였고, 수집한 그 정보를 확인하기 위해 전국을 다니면서 실전에 가까운 경험을 축적하여 귀농을 한 경우이다.

기술력과 생산력을 탄탄하게 구성하고 넘기 힘들다는 마케팅의 어려움마저 슬기롭게 이겨 낸 귀농인의 귀농 정착이 무난하게 진행되는 것은 너무나 당연한 일이다.

초기 투자자금은 자신의 농사 규모에 맞게 준비하면서 귀농 후 수익이 본 궤도에 오를 때까지 사용할 수 있는 운전 자금 역시 세세한 부분까지 생각하여 준비에 임하였기에 좋은 결과를 얻게 되는 것이다.

작물 선택 역시 자신이 감당할 수 있는 모든 것을 점검하였기에 실패를 줄일 수 있었고, 실패를 경험하였을 땐 원인을 찾아 분석하고 해결하였기 때문에 순조로운 귀농 정착이 가능했던 것이다.

가족의 동의와 원만한 합의가 도움이 된 것은 당연하며, 철저하게 가족농의 형태로서 불필요한 인건비의 지출을 줄여 생산 원가를 절감하고 올바른 마음가짐과 진정성 있는 자세로 고객 관리를 하였기에 판매가 순조롭게 진행되어 수입 창출이 계획한 대로 진행된 것이다.

새로운 신 농법을 알게 되면 곧바로 적용하기보다는 검토하는 자세로 조심스럽게 다가가야 하며, 확인이 되면 실행하는 데 주저하거나 망설임 없이 임하는 자세야말로 귀농 정착에 큰 힘이 된다.

반면에 귀농 정착에 실패하여 농사를 그만두고 다른 수입원을 찾아 나서거나 직장을 구하여 농사와는 거리가 먼 탈농(脫農)을 하거나 다시 도시로 U턴을 하는 귀농인은 귀농 정착에 성공한 귀농인과는 정반대로 접근을 하였기 때문에 일어나는 결과이다.

귀농 전 어떤 작물이 좋다거나 돈벌이가 잘된다는 이야기만 듣고 제대로 확인하거나 검정을 거치는 절차 없이 그 작물을 선택하여 밀어붙인 경우가 많다.

인터넷의 정보만 믿고 제대로 된 관리방법을 숙지하기도 전에 종자나 묘목을 구입하는 경우도 있다. 방송에서 어느 누구가 어떤 작물을 재배하여 엄청난 소득을 올리고 있다는 소문을 확인절차 없이 믿을 줄은 알지만, 주변의 만류를 귀담아 듣는 방법을 모르는 경우는 정상적인 귀농 정착을 더디게 하거나 실패로 향하는 지름길이 된다.

방송에서 다룰 만한 내용의 주인공은 그렇게 되기까지 엄청난 노력을 통해 땀이 맺은 결실이라는 것을 미처 깨닫지 못하고 자신도 그렇게 될 것이라는 기대만으로 귀농을 시작하게 되면, 그 또한 결과는 뻔 할 수밖에 없는 것이다.

첫해에 잘못된 결과를 얻었다면 원인을 찾아 해결책을 구해야 하는데도 다른 작물을 선택하여 다시 처음으로 되돌아가고, 그해 역시 원하는 결과를 얻지 못하게 되면 또 다른 제3의 작물을 찾아다니는 우(愚)를 범하는 악순환을 거듭하는 귀농인이 있다.

매년 다시 시작하다 보면 귀농 초기에 준비한 자금은 점점 고갈되어 가고, 농사의 실질적인 내용보다 외형적인 것만 생각하다 보면 자신이 도무지 감당할 수 없는 노동력과 계속되는 투자로 인하여 결국은 자금난에 봉착하게 된다.

노력 없이 이루어지는 것은 없다.
농업은 더욱 그러하다.
쇠는 만들어지는 과정에서 많은 시련을 겪었기에
단단한 쇠로 거듭나지 않던가.

실패를 겪고 실수를 하게 되더라도 발전하는 과정이라 여겨야 한다. 앞서가는 선진 농가를 찾아 원인 분석에 필요한 조언을 구해야 하고 작목반이나 연구회활동을 통하여 재배 정보를 얻고 동료들의 협조를 구하는 일에 머뭇거리지 말아야 함에도, 그러한 노력을 하지 않는다면 구제될 방법이 없는 것이다.

제대로 되지 않는 자신의 농법을 반성하기보다 술 마시는 시간을 늘려 가는 경우를 보면 실로 안타까운 마음을 금할 수 없다. 결국, 농사짓는 일에 의욕을 상실한 후 도시로 되돌아가게 된다.

현장을 찾아가 농사의 해답을 구하기보다 주변의 솔깃한 이야기에 현혹되고 자기만의 세계에 안주하여 제대로 된 농법을 외면하는 사람. 자연재해를 당하면 그대로 순응한 후 극복하지 않고 그 자리에 주저앉아 다시 일어설 줄 모르는 사람…….

우리가 진정 염려하여야 할 일이 있다면 가다가 명분을 잃어버리고 멈추는 것이며, 명분을 잃어버린 멈춤은 주변을 두리번거리게 된다는 점이다.

명분 없이 멈추는 순간부터 탈농(脫農)과 도시로의 U턴은 이미 시작되고 있다는 것을 명심해야 한다.

농업기술원과 농업기술센터는 농업인뿐만 아니라 귀농인들에게
정확한 농사의 방향을 제시해 주고 그 방향으로 가는 길을 안내하는
내비게이션 같은 역할을 훌륭하게 해 준다.

08

농업기술원과
농업기술센터

요즘 웬만한 자동차에는 내비게이션이 장착되어 있다. 그 내비게이션은 가고자 하는 목적지를 정확하게 안내해 준다. 귀농인들은 목표를 설정했음에도 그곳을 향해 가는 올바른 길을 찾지 못하는 어려움에 봉착하는 경우가 많다.

농업기술원과 농업기술센터는 농업인뿐만 아니라 귀농인들에게 정확한 농사의 방향을 제시해 주고, 그 방향으로 가는 길을 안내하는 내비게이션 같은 역할을 훌륭하게 해 준다. 특히 초보 농부인 귀농인들에게는 든든한 길안내가 되면서 지도와 조언을 아끼지 않는다.

각 도(道)에는 농업기술원이 있고 시군(市郡)마다 농업기술센터가 있다. 농사에 도움이 되는 기술력과 생산력에 대한 교육과 정보를 안내받을 수 있고 농사 중에도 수시로 자문을 구할 수 있는 곳이다.

농사짓는 과정에서 어려움을 겪게 되면
제일 먼저 찾아가야 할 곳이 바로 농업기술원과 농업기술센터다.

작물선택, 재배방법, 병충해관리 시비관리 등등 초보 농부가 해결해 나가야 할 일은 너무나 많다. 사전에 꼼꼼하게 준비를 하고 시작하겠지만, 사계절마다 변화하는 여러 상황들은 초보 농부인 귀농인에게 미처 예상하지 못한 여러 변수를 겪게 한다.

주변의 선배 농업인에게 도움을 요청할 수도 있지만, 농업기술원과 농업기술센터를 방문하는 것이 가장 현명한 처신이라고 생각한다.

농업기술원과 농업기술센터에서 실시하는 교육 프로그램을 적극 활용하는 것도 아주 바람직한 방법이다. 농기계를 다루는 교육도 수시로 실시하고 있으므로 영농에 필요한 농기계의 운전이나 작동법을 익힐 수 있는 좋은 기회를 만날 수 있다.

농업기술원에는 수도작(벼농사), 원예, 밭작물, 시설농업, 과수, 축산분야 등등 농업의 전반적인 모든 부문을 심도 있게 연구하는 박사님이 많아 농사의 궁금증이나 어려운 점에 대한 자문을 구할 수 있으므로 이를 적극 활용해야 한다.

귀농 정착을 순조롭게 해결하는 이상적인 방법 중에
가장 우선인 것을 꼽으라면 농업기술원과 농업기술센터를
자주 방문하는 것이라고 힘주어 말하고 싶다.

특히 귀농인들이 헤쳐 나가야 할 길 위에서 농업기술원과 농업기술센터는 이 세상에서 가장 훌륭한 농업 내비게이션이 되어 줄 것이기 때문이다.

참고로, 농촌진흥청 홈페이지에 방문하여 제반 정보를 습득하는 것도 아주 바람직한 일이라는 것을 권유하고 싶다.

귀농인께게
귀농의 길을 묻는다

농부의
사계

농부의 새벽길엔 희망이 동참해 준다. 땅을 일구고 뿌린 씨앗에서 싹이
돋아나 초록으로 성장을 하면 동참한 희망은 동그란 웃음과
하얀 솜사탕 닮은 미소를 안고 있을 것이다. 볍씨를 선별하고 못자리를
만들 땐 절로 신이 나 투박한 잔에 막걸리를 채운다.

01

봄,

대지엔 생명을 농부엔 희망을

立春이다.

음지에 쌓여 있던 잔설은 어느새 사라졌다.

실개천 가장자리의 얼음은 조금씩 녹아 봄의 물길이 되어 세상의 모든 초목들에게 겨울의 목마른 갈증을 덜어 주기 위한 흐름을 시작한다.

立春을 보내고 雨水를 맞이하게 되면서부터 낮의 길이가 늘어난 만큼 한낮의 기온은 하루가 다르게 상승하여, 언덕 너머에서 불어오는 바람결은 실크 스카프보다도 더 부드럽다.

봄이다!

겨울 동안 퇴색을 거듭한 낙엽 사이에서 솟아난 얼레지 꽃은 수줍어 고개를 숙이고 노루귀 꽃의 보얀 솜털엔 봄 햇살이 자주 머문다. 봄 쑥이 기지개를 펴는 밭 뚝 위 매실나무 가지에선 매화향이 봄바람을 타고 있다.

그래, 봄이 왔다!
청보리의 여린 순은 초록빛을 더하고
낮은 고갯길 위로 아지랑이가 피어올라
시야를 아롱거리게 한다.

무거운 외투가 아닌 가벼운 옷차림이어서일까? 농부들의 몸놀림이 가벼워 보인다. 밭을 갈고 그 위에 거름을 내놓는다.

씨를 뿌리는 농부의 이마에서는 저마다 구슬땀이 흐르고, 그 구슬땀은 가을까지 내내 마르지 않을 것이다.

봄에 듣는 새들의 노래 소리는 얼마나 아름다운가!

그래, 그렇다. 새들은 결코 울지 않는다. 그들은 노래를 하는 것이다.

봄 햇살이 두께를 더하면 온 산은, 온 들은, 유록색의 새 옷을 꺼내 입는다. 구색을 맞추기 위해 분홍빛 진달래를 피워 내고 노란색 개나리도 피워 낼 것이다.

농부의 새벽길엔 희망이 동참해 준다.
땅을 일구고 뿌린 씨앗에서 싹이 돋아나
초록으로 성장을 하면 동참한 희망은 동그란 웃음과
하얀 솜사탕 닮은 미소를 안고 있을 것이다.
볍씨를 선별하고 못자리를 만들 땐
절로 신이나 투박한 잔에 막걸리를 채운다.

초목을 적시는 봄비가 내리는 날을 골라 겨울 동안 쉬고 있던 호미를 들고 모종을 옮겨 심는다.

봄비는 겨울 동안 얼어붙어 경직된 땅의 긴장을 풀어 주고 세상의 모든 사물들에게 생기를 불어넣는다.

농부에게 봄비는 더한 활력으로 다가왔기에 온몸이 젖어도 피하거나 사양할 사안이 아니다. 그래서 오히려 봄비를 맞아도 즐겁고 봄비에 젖어도 절로 흘러나오는 콧노래에 신바람이 난다.

겨울 지나 찾아드는 봄은 제 소임을 다하는 데 게으름을 피우지 않는다. 따스한 햇살을 내리고 부드러운 바람을 가져다주며 가끔 내리는 봄비로 산과 들에 생기를 불어 넣는다.

밭과 논의 둑이나 양지바른 산비탈에서 달래와 냉이 그리고 쑥을 캐는 아낙들의 손길이 바쁘다.

봄이 절정을 이루면 나비들은 꽃 위에서 날갯짓이 한결 가벼워지고, 벌들은 꿀을 찾는 일에 바빠진다.

빈 논엔 어느새 물이 채워지고 부지런한 농부는 어느새 모내기를 끝낸다.

  하얀 찔레꽃이 가시 돋은 가지 끝에 꽃잎을 피워 내고
  앵두의 붉은 열매가 지나는 이들의 발걸음을 멈추게 하면
  산길 위로 아카시아꽃 향기가 바람을 탄다.

  동요에서처럼 아카시아 흰 꽃이 바람에 날리면 뻐꾹새가 노래를 시작한다. 뻐국새 노래는 봄이 끝나고 여름이 다가오고 있음을 알려 주는 소식이다.
  뻐꾹새 노래가 바람을 타고 흐르는 언덕길엔 벌써부터 민들레 홀씨가 비행하고 있다.
  모내기를 끝낸 농부는 잠시 여유를 만들어 나무그늘을 찾는다.

  그렇게 익을 대로 익은 봄은 벌써 여름을 부르고 있었다. 산딸기가 풀숲에서 지나는 이들의 손길을 붙들고 놓아 주지 않는다. 해가 지고 어둠이 내려앉는 시각, 소쩍새는 밤새 노래를 하고 그 노래는 새벽까지 이어진다.
  봄날이 가는 만큼 여름은 다가오고 있었다. 여기저기에서 야생초들은 제 영역을 넓혀 간다. 보리 수확이 한창인 들판에선 콤바인과 경운기 엔진소리가 요란하게 울려 퍼진다.
  강남에서 날아온 제비는 봄 하늘을 비행하고 종달새 노래는 봄바

람을 타고 사방으로 퍼져 나간다. 농부의 손길은 쉴 틈이 없어진다. 농부의 땀방울은 더욱 굵어지고 숨소리는 거칠어지기 시작했다.

앙상하게 뼈대만 남은 비닐하우스를 재건하고 흙탕물을 뒤집어쓴 벼
나락 한 잎 한 잎을 씻어 낼 때 이마를 타고 내리거나
등줄기 따라 내리는 땀방울이 온몸을 적셔도 극복에 임하는
농부는 의연한 모습을 잃지 않는다.

02

여름,
순응하고 극복하는 자연의 가르침으로

立夏!

여름이 문턱을 넘는다. 여름 아침에 부는 바람에서 솔향기를 찾기
란 어렵지 않다. 저녁에 불어오는 바람엔 공기 가득 풀 향기가 실려
있다.

밤의 길이는 짧아졌고 한낮 태양의 열기는 그 뜨거움의 강도를 더
해 간다. 초저녁부터 노래를 시작하는 소쩍새의 노래는 밤하늘의
은하수와 함께 묘한 분위기를 연출하여 여름밤을 환상적으로 연출
하고, 새벽이슬은 그 어느 계절보다 풀잎 위에서 영롱하다. 짙은 초
록으로 온 들판을 채색한 벼논에선 하얀 백로가 한가로이 여유를 누

린다.

여름을 젊음과 청춘의 계절이라고 말하듯 뜨거운 열정으로 생명들을 불타오르게 하는 여름이다.

농부의 여유는 그늘에서 더욱 한가롭다.
이른 봄 어둔 새벽부터 시작한 농사일은
봄이 그 절정에 이를 때까지 쉬지 않고 이어졌기에
여름의 그늘이 농부를 반기는 것이다.

열심히 노력한 사람의 휴식은 감미롭다. 베짱이의 게으름을 보면서도 자신의 일에 최선을 다한 개미의 성실함처럼 이 땅의 모든 농부들은 그렇게 농번기를 땀으로 채워 놓고 있었다.

저 먼 바다에서 출발한 거대한 바람이 굵은 비를 동반한 채 달려오고 있다.

하얀 소용돌이 한가운데에 검은 눈동자 하나를 점찍고 거대한 몸짓을 휘저으며 바다 위를 가로질러 북상하고 있었다. 태풍! 홍역처럼 해마다 여름이면 치러야 하는 태풍이다.

높은 파도는 뭍을 향해 거센 힘으로 치닫고 세찬 바람은 온 산야 위에서 무법자가 되어 버린다. 아름드리 거목도 견디지 못하여 쓰러지고, 봄부터 정성을 다해 다듬어 온 논과 밭은 많은 빗물에 떠내려갈 수밖에 없다.

토사를 아래로 내려놓다가 끝내 허물어지고 마는 산언덕. 얕은 실개천은 강이 되고 강은 바다가 된다.

농부는 조용히 순응을 하고 있을 뿐이다.

대자연의 거대한 힘 앞에서 순응하는 것이 가장 현명한 처신이란 것을 너무나 잘 아는 까닭이다. 하늘을 원망하거나 자연의 부적절한 태도를 탓하는 것은 소용없는 일이기에 오직 순응하는 자세로서 지켜보는 것이다.

그 상황을 지켜볼 수밖에 없는 농부의 마음!

태풍이 할퀴고 지나간 현장의 소식은 전국으로 생생하게 방송되지만, 농부의 애통한 마음까지 다 전달되지는 못한다.

벼 나락이 쓰러지고 밭작물은 토사에 떠내려가거나 파묻혔고, 과수나무의 과일은 여물기도 전에 땅에 그대로 떨어져 버린다. 침수된 가옥 그리고 논과 밭을 경계하던 농로는 언제 그 자리에 있었냐는 듯 그 형체를 잃어버렸다.

농부는 순응하면서 동시에 극복의 각오를 다지게 된다.

쓰러진 나무를 헤쳐내면서 무너진 담장을 다시 쌓고, 넘어져 토사에 파묻힌 벼 나락을 일으켜 세우면서 극복을 시작하는 것이다.

이 땅에서 농부란 직업을 가졌기에, 자연 속에서 살아가는 농부이기에, 자연의 거대한 위력 앞에서 순응하고 극복을 하지 않으면 안되는 농부이기에, 두 다리를 땅에 세우고 묵묵히 팔을 걷어붙인 채 눈물인지 땀방울인지 모를 고난과 노력의 자국으로 얼굴은 범벅인 채 극복을 하게 되는 것이다.

앙상하게 뼈대만 남은 비닐하우스를 재건하고
흙탕물을 뒤집어쓴 벼 나락 한 잎 한 잎을 씻어 낼 때
이마를 타고 내리거나 등줄기 따라
내리는 땀방울이 온몸을 적셔도
극복에 임하는 농부는 의연한 모습을 잃지 않는다.

농사가 천직이기 때문에, 아니면 '당연히 해야 하기 때문에'라는 생각마저 먼 곳에 둔 채 오직 극복하여야 한다는 마음의 명령에 응할 뿐이다.
극복이란 미룰수록 더더욱 힘들어지기 때문이다.

숲 그늘에서 매미 소리가 요란하다.
여름 꽃 해바라기가 담장너머에서 고개를 내밀고 제비들마저 처마그늘에서 날개를 접는 여름의 한낮. 농부는 다시 그늘에 앉았다. 제 모습을 찾아가는 들판을 바라보는 농부의 표정을 상상해 본다.
햇빛에 그을린 까만 피부, 더 깊어진 눈가의 주름. 그러한 표정에서 무엇을 탓하거나 원망하는 기색도 찾을 수 없다. 농부는 그렇게 주어지고 만들어져 가는 모든 상황을 받아들여야 하는 직업이기 때문이리라.

과수나무의 열매는 여름 태양이 주는 뜨거운 에너지를 받으며 익어 가고 벼이삭은 하루가 다르게 조금씩 고개를 내려놓기 시작한다. 제 모습을 되찾은 밭에선 고추의 붉은빛이 선명하고 콩밭에선 알알이 콩을 여물고 있다.

농부는 극복의 고통과 힘겨움을 내색하지 않고 ,온통 흙으로 뒤덮인 손바닥을 서너 번 탁탁 털고는 땀방울로 범벅된 얼굴을 훔치며 슬며시 그늘에 앉는다. 거대한 태풍을 맞게 되었을 땐 순응하는 자세를, 그리고 태풍이 물러간 후에는 극복하는 자세를 취하는 것이야말로 자연의 순수한 가르침이라 여기며, 그러한 처신으로 이어가는 것이야말로 자연과 더불어 살게 되면서 누리는 행복이라고 오래전부터 알고 있기 때문일 것이다.

도시인들의 여행길에 만나게 되는 전원의 풍경들.

곧고 바르게 정리된 논, 그리고 풍성한 결실을 보여 주는 밭과 과수원까지……. 우리의 눈에 보이는 모든 아름다운 것들에는 농부의 굵은 땀과 엄청난 노력이 담겨 있다는 사실을 잊어서는 안 될 것이다.

어떤 경우를 당하더라도 순응하고 극복하는 자세를 잃지 않는 이 땅의 농부들에게 존경의 박수를 쳐 주고 싶다. 그리고 나 또한 농부의 길을 걷는 것에 무한한 긍지를 갖게 된다.

여름은 많은 이야기를 만들지만
밤하늘의 별처럼 수많은 여름의 이야기는
농부의 얼굴에 깊게 파인 주름 속으로 들어가
아무 일도 없었던 것처럼 입을 닫은 채
조용한 침묵으로 가을을 부르고 있었다.

處暑!

한결 시원해진 바람, 조금씩 길어지는 해 그림자. 새벽 여명은 어제보다 늦게 찾아오고 저녁 어둠은 어제보다 일찍 다가온다.

가을이 저만치서 다가오나 보다.

이 세상의 어느 위인보다 더 숭고한 모습으로
자연의 한가운데에 우뚝 선 농부의 모습!
가을을 거둬들이는 농부야말로
가을을 더욱 찬란하고 빛나는 계절로서
존재하게 하는 진정한 주인이었다.

03

가을,
봄부터 기다려 온 탐스러운 웃음

秋分!

1년 24절기 중 16번째 맞게 되는 秋分.

이제부터 밤의 길이는 낮의 길이보다 조금씩 늘어난다. 아침 이슬
은 차가워지고 풀벌레들의 합창소리는 가을이 깊어 갈수록 점점 더
감미로워진다.

푸른 하늘에서 하얀 구름이 신비한 그림을 그려 놓을 때, 창공을
날아가는 새들이 부르는 노래 소리는 푸른 하늘에서 지상으로 내려
온다.

산길 모퉁이를 돌아서면 노란 산국이 반겨 주고 저쪽 솔숲이 끝나는 곳엔 하얀 구절초가 군락을 이루고 있다.

산 위에서부터 내려와 나무 사이를 가로지르는 바람은 상쾌하다. 들길 양옆으로 코스모스가 바람에 하늘거리고, 들엔 저 끝까지 황금물결이 출렁이고 있다.

농부의 손놀림은 분주해지고 발걸음은 어느 계절보다 바빠진다.

과수나무의 가지가 휘어지도록 매달린 빨간 사과와 주황빛 감, 들녘의 벼. 그리고 밭에서는 온갖 채소와 가을 밭곡식들이 여물어 가고 오솔길엔 알밤과 도토리가 구르고 있다.

들깨와 수수를 털고 고구마와 감자를 거두는 저쪽 비탈엔 늙은 호박이 제법 탐스럽다.

농부는 웃는다.

오랫동안 참아 왔던 웃음을 비로소 터트린다.

봄부터 기다려 온 가을날의 웃음이다.

힘에 겨워 주저앉고 싶을 때가 많았다.

쓰러지려는 몸을 억지로 세워 앞으로 가야 했다. 태풍이란 자연재해가 덮쳐 가슴이 찢어질 것만 같은 아픔을 겪을 땐 아무도 없는 곳에서 통곡이라도 하고 싶었다.

그러나 참아야 했고 견뎌 내야 했다. 더 강해져야 한다며 두 주먹을 불끈 쥐면서 각오를 다졌다.

농부는 이제 웃는다. 어느 누구보다 더 큰소리로 웃는다. 그럴 자격이 충분한 농부의 웃음소리는 웃음이라기보다는 승자의 외침에 더 가깝다.

봄엔 꽃샘추위에 시달렸다.

봄 가뭄이 지속되기라도 하면 밤을 낮처럼 불 밝혀 가며 물길을 찾았다. 넓은 들을 초록으로 그리고 황금색으로 변신을 시켜 가는 일에 쉴 틈을 만든다는 것은 처음부터 생각에 넣지도 않았다.

태풍으로 모든 것들이 무너지고 허물어져 사라질 땐 오직 순응하며 가슴을 쓸어내렸고, 극복의 어려움이 앞길에 버티고 있으면 마음을 굳게 다졌다. 가을엔 웃어야 하기에……. 가을의 웃음을 터트리기 위해 모든 것을 참아내었다.

농부! 가을의 한가운데에 서 있는 농부야말로 진정한 승부사이며 승리한 승자이다.

寒露와 霜降을 보내는 농부는 마지막 숨고르기를 한다.

벼를 추수하고 과수나무의 과실을 수확한다. 농부가 누릴 수 있는 최고의 보람을 등짐에 가득 안고선 덩실덩실 춤을 추어야 한다.

가을은 농부의 얼굴에 웃음을 주고 춤을 추게 하는 계절이다. 이 세상의 어느 것에도 부러운 마음이 들지 않는 즐거움과 보람의 계절이다.

봄부터 걸어 온 길에 얼마나 많은 땀을 흘렸던가? 가슴 안으로 숨겨 놓아야만 했던 수많은 고통 밖으로 내색하기보다 삼켜야만 했던 괴로운 마음들. 이 모든 것들이 기쁨과 보람의 보상으로 농부의 가슴에 가득 안기는 가을!

이 세상의 어느 위인보다 더 숭고한 모습으로
자연의 한가운데에 우뚝 선 농부의 모습!
가을을 거둬들이는 농부야말로
가을을 더욱 찬란하고 빛나는 계절로서
존재하게 하는 진정한 주인이었다.

立冬이 눈앞에 다가왔다.

겨울의 문턱에 선 농부의 자세는 의연하다. 立春부터 얼마나 멀고 험한 길을 걸어 왔던가. 지나온 길을 되돌아보기 위해 새벽잠을 걷어내었다.

차가운 새벽바람이 겨울이 바로 곁에 다가왔음을 알려 준다. 열심히 살아온 농부가 만나게 되는 겨울은 어느 해보다 따스하리라.

김장배추가 포기를 알차게 채워 가는 밭길을 걸어가며 성큼 다가오는 겨울을 맞이한다.

뒷산의 화려한 단풍은 이미 낙엽이 되었다.

농부는 아궁이에 불을 피운다. 그리고 뒷산에서
주워 모은 알밤과 가을에 거둬들인 고구마를 굽는다.
알밤과 고구마의 구수함으로 아기자기하게 엮어지는
겨울밤은 겨울 아니면 경험할 수 없는 소중한 시간이 된다.

04

겨울,
은백색의 세상에서 자는 겨울잠

小雪을 보내고 大雪을 맞이하면서 겨울은 나날이 깊어 간다.

먼 산봉우리엔 하얀 눈이 내려앉아 있다. 차가운 바람은 밤과 낮을 가리지 않고 하루 종일 불어온다.

겨울이야말로 따스함을 제대로 알게 해 주는 계절이다.

겨울엔 눈이 내린다.

눈은 온 세상을 하얀색으로 덮어 순백의 아름다움을 연출한다.

농부는 내리는 눈을 바라본다. 하얀 눈이 내리는 들판과 산을 바라보며 봄부터 가을까지 누리지 못한 여유로운 시간을 갖는다.

마을길에 찍혀진 경운기 바퀴자국은 내린 눈으로 그 자취마저 지워져 버렸다. 앞마당의 감나무가지마다 한 겹씩 흰 솜 닮은 하얀 눈으로 덮이고, 장독 위에 쌓여 가는 하얀 눈은 무척이나 소담스럽다.

바람과 함께 내리는 눈은 무대 위에서 펼쳐지는 백조의 군무를 연상시킨다. 바람의 방향 따라 흩어졌다 모이기를 반복하는 모습. 저렇게 아름다운 율동을 어디서 또 만날 수 있을까?

조용히 아래로 내려오는 눈을 쳐다보게 되면
세상의 온갖 시름을 잊게 된다.
산과 들에 쌓여 가는 눈 아래엔 봄부터 가을까지
농부의 숱한 이야기들이
겨울잠을 자듯 조용하게 침묵하고 있다.

농부는 그 이야기를 끄집어낼 생각을 하지 않는다.

봄부터 가을까지 땀과 눈물 그리고 기쁨과 보람으로 엮인 수많은 사연들……. 그 모든 것들에 대한 이야기는 많지만, 눈 내리는 날에는 무념(無念)하고 싶은 것이다.

농부에겐 휴식이 필요했고 쉬는 시간이 주어지면 그 시간이 허락한 범위만큼 잠시 동안 농사와는 별개의 시간을 갖고 싶은 이유이다.

겨울이란 계절은 농부에게 자기 자신을 되돌아보게 하는 시간을 선사한다. 농사를 천직으로 여기고선 앞만 바라보며 평생을 살아온 지난 세월을 되돌아보기도 하고, 도시로 나간 자식 생각, 그리고 점점 나이 들어가는 노후에 대한 생각으로 대부분의 휴식시간을 보낸다.

겨울 해는 짧다.
짧은 해 길이만큼이나 어둠은 일찍 찾아온다.
마을 지붕마다 저녁연기가 피어오르는 겨울의 저녁 풍경에서 따스한 온기가 느껴진다. 아궁이에서 장작불은 타닥타닥 소리를 내며 불타고 있고, 그 불길은 방 아래쪽부터 온기를 퍼져 나갈 것이다. 겨울은 따스함을 알게 하는 계절이지 않은가.
김장김치, 동치미, 된장찌개, 햇살에 말려 저장한 여러 가지 나물무침. 시골의 밥상은 이러한 것들로 풍성하다.

어둠이 내려앉은 시골집 창문에서
비쳐 나오는 형광등 불빛에서도 온기를 느낄 수 있고,
김이 모락모락 나는 밥상 앞에 앉은 농부의 표정에도
풍요와 평안함의 온기가 담겨 있다.
겨울은 이렇듯 따스한 온기를 느껴 가는 계절이다.

겨울밤은 길다.
봄부터 가을까지 밤이 오면 들려오던 소쩍새의 노랫소리가 사라진 지 벌써 오래되었다. 그렇게 요란하던 밤벌레들의 합창 역시 들

농부의 사계

리지 않는다. 겨울밤은 지극히 조용하다.

가끔 먼 산에서 들려오는 산짐승 소리를 듣게 된다. 그 소리마저 없다면 시골의 겨울밤은 정말 고요하다.

시골의 겨울 밤하늘은 여름밤과는 사뭇 다르다. 여름밤 하늘은 손을 뻗으면 닿을 정도로 가깝지만, 겨울밤 하늘은 그렇지 않다. 여름밤 하늘의 별은 화려하게 보이지만, 겨울 밤 하늘의 별에선 차가움이 느껴진다. 같은 하늘인데도 환경에 따라 사람의 느낌도 바뀌는가 보다.

겨울엔 농부의 새벽도 늦게 찾아온다.

동녘이 밝아지는 무렵에 듣게 되는 까치의 노래! 예로부터 까치가 아침에 노래하면 반가운 손님이 온다고 한다.

매일 아침이면 까치들의 노래는 농부의 방문을 두드리고 농부는 반가운 손님을 기대한다. 어제 그리고 그 앞날에도 반가운 손님은 찾아오지 않았지만, 대문 바깥 신작로를 쳐다보는 일을 그만둘 줄 모른다.

처마에 달린 고드름 사이로 겨울 하늘이 보인다.

겨울 하늘은 그 푸른빛만으로도 추위를 느끼게 하지만, 어느 계절 부럽지 않은 맑은 얼굴을 보여 준다. 농부는 아침 공기의 신선함을 가슴속으로 들여보내며 크게 심호흡을 한다.

바람이 잠잠한 겨울의 한낮엔 양지바른 곳에 앉아 해바라기하기 좋다. 겨울 하늘의 구름은 유난히도 하얗다. 푸른색 하늘과 하얀색 구름, 큰 원을 그리며 비행하는 새 한 마리는 서로 절묘한 조화를 이루며, 또 하나의 광경을 연출한다.

어느덧 서산으로 해가 넘어가는 저녁이 다가오고 산그늘은 이미 처마 끝 고드름의 끝에 와 있다.

농부는 아궁이에 불을 피운다.
그리고 뒷산에서 주워 모은 알밤과
가을에 거둬들인 고구마를 굽는다.
알밤과 고구마의 구수함으로
아기자기하게 엮어지는 겨울밤은
겨울 아니면 경험할 수 없는 소중한 시간이 된다.
군밤과 군고구마에서 풍기는 냄새를

겨울 냄새라고 아니할 수 없다.

冬至!
24절기 중 맨 마지막 冬至. 겨울은 冬至를 지나면서 더욱 깊어간다. 밤 길이는 일 년 중 가장 길다.

냉기를 가득 품은 바람은 마른낙엽을 굴려가며 추위의 기세를 늦추지 않는다.

깊고 긴 겨울밤, 농부의 꿈속에서는 내년에 다가올 봄이 아주 조그만 발걸음으로 다가오고 있다. 참으로 편안한 꿈이다. 일 년 사계절 세상엔 수많은 약속이 만들어지기도 하고, 언제 약속이 있었냐는 듯 그냥 없어지기도 한다.

농부는 생각한다. '사계절만큼 분명한 약속이 또 있을까.' 하고.

때가 되면 어김없이 찾아오는 봄, 여름, 그리고 가을, 겨울! 학수고대 하지 않아도 제때에 찾아오는 계절들. 헤어질 때 다시 안 올 것이라는 우려를 하지 않아도 되는 계절들.

농부의 겨울잠 꿈속에 봄이 보이는 건 어김없는 약속의 봄이기에, 편안한 마음으로 꿈속에서 봄을 보게 된다. 농부에게 약속이란 생명의 연장으로 이어진다.

농부는 겨울잠을 자는 꿈속에서 봄을 만나고, 그 봄이 오면 새로운 생명들이 돋아나 농부에게 말할 것이다.

"우리는 살아 있기에 서로 만날 수 있으며 사랑을 나눌 수 있습니다"

생명의 키움 그리고 결실, 찾아와 안기는 보람과 미소!
이러한 것들은 농부의 사랑의 출발점이며 마지막 종착역이다.

현재 귀농인으로서 많은 어려움을 극복하며 열심히 살아가는 귀농인들과
앞으로 만나게 될 모든 귀농인 모두와 보내는 시절이
참좋은 시절이 되기를 바라는 마음으로 이 글을 맺는다.

맺음말

지금까지 살아온 시간에 연연하지 말고
자연에 동화되어 살 준비를 하라

우리의 삶은 끝없는 질문으로 이어 가고 있다.
질문이 없는 삶, 즉 궁금한 것이 없는 삶을
진정 삶이라 할 수 있을까.
게으른 삶을 살아가는 사람은 궁금한 것이 없다.

우리는 늘 내일에 대한 기대를 갖게 되고 그것은 궁금한 사유가
되어 끊임없는 질문을 만들고 있다.

매순간 모든 것의 모습은 변하고 있다. 하루 24시간은 과거에도
주어졌고 현재를 지나 미래에도 주어지겠지만, 결코 똑같은 시간으
로 반복될 수 없다. 오늘 낮 12시의 상황과 내일 낮 12시의 상황은

다르듯 말이다.

우리는 매일 반복되는 '일상'이란 말을 사용하지만 그것은 주관적인 관념에서 오는 판단이지, 실상은 그렇지 않다. 다르다는 것은 변했거나 변한다는 것이다.

매순간 눈에 보이는 제자리의 현 실상은 변하여 다른 모습으로 향하는데, 한곳에서만 배회한다면 자아(自我)를 잃어버린 것이나 다름없다. 잃어버린 자아(自我)는 되찾아도 이미 다른 모습이 된 자아(自我)를 만나게 된다.

삶에 대한 질문이 많은 사람일수록 가치를 추구하는 사람이다. 삶의 가치란 사람으로 태어나 흙으로 돌아갈 때까지 행복한 삶을 더불어 함께 누리는 데 있다.

나는 농부가 되었다.
맑은 날에도 장화를 신고 다니는 농부가 되었다.
손톱 밑에 흙먼지가 떠나지 않아도
부끄럽지 않은 농부가 되었다.
앉았다 일어서면서 엉덩이에 묻은 흙을 털어내지 않아도
아무렇지 않은 농부가 되었다.
오늘이 며칠인지 무슨 요일인가에 관심은 없어도
춥고 비 오고 바람 부는 것들에
더한 관심으로 살아가는 농부가 되었다.
그런 농부가 되어 버렸다.

나는 질문을 한다.

일할 수 있게 된 하루에게 어떤 감사를 해야 하나?

내일엔 어떤 길을 가면서 감사를 또 하게 될까?

또 나는 질문을 계속한다.

내가 누리는 삶이 행복하다고 느껴지는 시점이 온다면

그 행복을 어떻게 나누어야 할 것인가?

산, 나무, 들판, 야생초, 하늘, 바람, 구름……. 자연 속에서 살아갈 수 있음을 선택된 삶이라 생각하는 것에 감사하고, 그 선택된 삶이 나만의 것이라 생각하지 않음을 감사하고, 바람소리, 새소리, 흐르는 물소리와 같은 때 묻지 않은 소리들 속에서 살아가는 것에 행복을 느끼며, 이곳에서 함께 살아갈 수 있다면 행복을 나만의 것이라 하지 않고 우리들의 것이라 말 할 수 있을 것이다.

도시에선 경제적이고 물질적인 풍요에서 행복을 느끼는 경우가 대부분이다. 시골에선 그 무엇보다 자연과 함께하기에 행복한 삶이 된다.

내일에 대한 기대를 갖는 현장이 자연이 되고 그 자연 속에서 끊임없는 질문을 이어 가는 삶이야말로 현 시대를 살아가는 우리 모두의 진정한 바람이 아닐까 싶다.

행복은 끊임없는 질문 속에서 기다리고 있다. 자연과 함께 살아가면서 삶에 대한 질문을 이어 간다면, 이 세상에 모든 것들의 모습이 계속 변해 가는 것처럼 점점 평안해져 가는 자신을 볼 수 있을 것이다.

도시의 많은 사람들을 자연 속에서 살아가게 되는 귀농의 길 위에서 만나게 되기를 바라는 마음, 끝이 없다.

원고를 마감하는 깊은 밤. 열어 놓은 창문으로 들어오는 투명한 바람에서 여름이 떠나가고 있음을 알 수 있다.

밤하늘의 수많은 별빛

지난 귀농 6년 동안 저 밤하늘의 별빛만큼 많은 일들을 겪었다.

귀농을 꿈꾸는 도시인들에게 주제넘게 당부하고 싶은 말을 남긴다.

"교육을 철저히 받아라"

"어디서든지 누구에게나 물어라"

"지금까지 살아온 시간에 연연하지 말고 자연에 동화되어 살 준비를 하라"

현재 귀농인으로서 많은 어려움을 극복하며 열심히 살아가는 귀농인들과 앞으로 만나게 될 모든 귀농인 모두와 보내는 시절이 참 좋은 시절이 되기를 바라는 마음으로 이 글을 맺는다.

이 책을 출판하는 과정에서 존경하는 허무룡 국립경상대학교 농

업생명과학대학 교수회 회장님께서 지켜봐 주시고 격려하여 주셔서
깊은 감사를 드리고 책 제목을 수려한 손 글씨로서 빛나게 해주신
우담(愚潭)방덕자 선생님께도 감사를 전한다. 이 책 출판소식을 듣
고 나의 농원을 방문하여 일하는 모습을 촬영을 해 주신 사천농업기
술센터의 황재수 선생님과 도서출판 책과 나무의 양옥매 실장님 이
하 편집 디자인을 해주신 최원용님과 원고의 정리와 교정을 해주신
조준경님께 고마움을 전한다.

2015년 9월

경남고성군에서 귀농인 농부

세윤 허영도 배상

부록

[표1] 귀농 농업창업 및 주택구입 지원 사업 신청자 심사기준

평가항목		등급				등급기준
		A	B	C	D	
1. 귀농 인원수 (5점)	농촌이주 가족수 (본인 포함)	5	4	3	2	A:이주 가족인원이 4명 이상인 경우 B:이주 가족인원이 3명이 이상인 경우 C:이주 가족인원이 2명이 이상인 경우 D:이주 가족인원이 1명이 이상인 경우 * 가족관계등록부상의 구성원 수를 기준으로 평가
2. 교육 이수 실적 (4점)	농업, 귀농 · 귀촌관련 교육 이수실적	40	37	33	30	A:250시간 이상인 경우 B:200시간 이상인 경우 C:150시간 이상인 경우 D:100시간 이상 * 교육이수 실적은 농림수산식품부, 농촌진흥청,특별광역시도, 시군구 등이 주관 또는 지정교육기관에서의 이수실적만 인정 * 단위기간이 2일이상인 경우만 통산일수에 반영하되 총 교육시간의 50%만 인정(최대 50시간까지 인정) * 교육과목이 개설되지 않은 특별작목(예:선인장 등) 재배농가에서의 실습실적(재배농가 주소지 관할 농업기술센터 소장이 인정한 경우에 한함)도 교육훈련실적으로 인정 가능 * 농과계 졸업자, 영농종사일수 3월이상, 농업인턴 3개월 이상 이수자는 "D등급"부여

귀농인에게 귀농의 길을 묻는다

3. 전입 후 농촌 거주 (10점)	거주 기간	10	8	6	4	A: 전입일 기준 1년 이상 B: 전입일 기준 6월 이상 C:전입일 기준 3월 이상 D:전입일 기준 3월 미만 * 주민등록등본의 전입일 기준으로 확인
4. 영농 정착 의욕 (20점)	세대주의 영농정착 의욕	20	17	14	11	A:영농정착 의욕이 매우 높은 자 B:영농정착 의욕이 높은 자 C:영농정착 의욕이 보통인 자 D:영농정착 의욕이 낮은 자 * 사업계획서, 증빙서, 상담실적 등의 자료를 토대로 사업실행성과 농촌정착 가능성 정도를 평가
5. 영농 규모 (5점)	영농기반 확보정도	5	4	3	2	A:농지면적1.0ha이상, 대가축 3 두이상 B:농지면적0.5~1.0ha미만, 대 가축 2두 이상 C:농지면적 0.3~0.5ha미만, 대가축 1두 이상 D:농지면적0.1~0.3ha 미만 * 사업신청서와 현지 방문을 통해 확인한 후 심사 * 농지면적은 임차면적 포함
6. 사업 계획의 적정성 (20점)	재배지역 및 재배 기술상의 적합성	5	4	3	2	A:매우 우수, B: 우수, C: 보통, D:미흡 * 사업신청서와 사업계획서를 토대 로 평가
	투자 및 자금 조 달 계획	5	4	3	2	A:매우 우수, B: 우수, C: 보통, D:미흡 * 사업신청서와 사업계획서를 토대 로 평가
	생산 및 판매 계획	5	4	3	2	A:매우 우수, B: 우수, C: 보통, D:미흡 * 사업신청서와 사업계획서를 토대 로 평가

6. 사업 계획의 적정성 (20점	타농가 재배작목 과의 작 목집단화 (조화)가 능성	5	4	3	2	A:매우 우수, B: 우수, C: 보통, D:미흡 * 사업신청서와 사업계획서를 토대 로 평가
7. 가점 사항	ㅇ 이래 항목 중 3개 이상은 5점, 2개 이상은 4전, 1개는 2점이 가점을 부 여한다. 　- 영농 사업계획과 관련 분야의 국가기술자격증 소지한 경우 / 친환경농 　　산물인증을 받은 경우 / 정보통신분야의 자격증을 소지한 경우 / 농산 　　물 관련 유통 및 무역 등에 1년 이상 종사한 경우 / 여성인 경우 / 농산 　　업인턴제 / 대학생 창업 연수과정 이수자 / 농대영농정착과정 이수자 / 　　귀농 창업관련 과정 이수자 / GAP 인증을 받는 경우					

〈 평가자의 종합의견〉

지원 가능	지원 불가	ㅇ 지원가능 　- 총점이 60점 이상인 자 ㅇ 지원불가능 　- 총점 60점 미만인 자 　- 60점 이상 득점을 하였더라도, 지원하는 것이 바람직하지 않다고 심사자가 판단하는 경우(이 경우 심사자는 그 사유를 명 기하여야 함)			
심사자	소속	부서	직급	성명	서명
확인자	소속	부서	직급	성명	서명

귀농인에게 귀농의 길을 묻는다

[표2] 2015년 귀농세대 영농정착 지원사업 추진 계획(경남 고성군 자체사업)

○ 농업인구의 급격한 감소 및 고령화에 따른 우수 신규 농업 인력 유입 대안 마련

○ 고성농업을 이끌어갈 수 있는 차세대 농업인 육성

○ 출향인 및 농촌정착을 원하는 도시 귀농세대의 지원을 통한 새로운 삶의 터전(제
  2의 고향)으로 정착유도

---

1. 추진 배경

○ 농가인구의 급격한 감소 및 청 · 장년층의 도시이주에 따른 농촌의 고령화 현상
  심각

○ 귀농인구에 대한 영농기반 조성자금 지원으로 귀농 관심도 제고

○ 도시의 생활을 접고 자신만의 기술과 경영기법으로 농업에 뛰어드는 출향인 및
  고학력 귀농인이 점차 늘어남

2. 추진 방향

○ 귀농정착을 희망하는 부부귀농세대에 귀농에 필요한 농기계구입 자금 및 영농
  준비 비용 지원

 * 귀농 · 귀촌정책지원사업과 연계 추진

3. 근거법령

○ 농어업 · 농어촌 및 식품산업 기본법 제29조의2(귀농업인의 육성)

○ 농어업인삶의질향상 및 농어촌 지역개발촉진에 관한 특별법 제4조

○ 고성군 귀농 · 귀촌인 지원조례

4. 2015년 사업계획

○ 지원계획인원 : 10세대(세대당 10,000천원)

○ 소요사업비

사업명	사업량(명)	사업비(천원)		
귀농세대영농정착 지원 사업	10	계(100%)	군비(90%)	자담(10%)
		110,000	100,000	10,0000

○ 사업기간 : 2015.1월 ~ 12월

○ 사업내용

- 지원대상 : 농어촌이외의 지역에서 1년이상 다른 사업에 종사하다가 농업경영을 주목적으로 우리군에 가족이 전입한지 5년 이내인자 중 65세미만(1951.1.1이후 출생인자)으로서 실제 영농에 종사하는 자

※ 농업이외의 다른 전업적 직업이 없는 자

※ 가족의 의미 : 부부이상(부부는 반드시 전입하여 거주하여야 함)

※ 전입한지 5년 이내인자의 의미 : 2010.1.1이후 전입한 농가

  - 지원내용 : 영농추진을 위한 농기계자금 및 영농준비 비용 지원

  - 지원기준 : 1세대당 10,000천원

5. 사업신청 및 사후관리

○ 사업시행 절차

- 귀농인 신청 : 귀농세대 영농정착 지원사업을 받고자 하는 자는 신청 기간 내에 '귀농세대 정착 지원사업 신청서'(별지 제 1호 서식)를 거주지 읍·면사무소에 제출

- 읍·면장 : '귀농세대 영농정착 지원 사업 신청서'를 접수하여 거주 사실, 자격

요건 등 적격자 여부를 검토 · 확인하여 군수에게 추천

– 군수(농업정책과) : 읍 · 면장이 추천한 자의 '귀농세대 정착 지원 사업 신청서'를

검토하고, 개별면담 및 심사한 후 대상자 선정

O 지원일정 : 사업계획검토 및 승인(군) → 보조금교부신청(대상자) → 보조금교

부결정(군) → 완료계제출(대상자) → 현지 확인 보조금지급(군) → 사후관리(사업

비 지원 후 3년간)

6. 기대 효과

O 귀농세대의 지원을 통한 고성농업의 신 농업세대 중점육성

O 젊은 농업인의 조기정착을 통한 고성의 인구증가 기여

사업대상자 선정 평가기준표

구분	평가항목	평가 및 배점기준	점수
합계	100점		
신청자 자격 (35점)	소계		
	o 세대주 연령(10) o 귀농한 가족 수(15) o 귀농 후 영농정착 기간(10)	o 40세 이하(10), 41~ 50세(7), 51 ~ 59세(5), 60 ~ 64세(3)	( )
		o 4명이상(15), 3명(10), 2명(5), 1명(3)	( )
		o 2년이상 ~ 5년까지(10), 1년 ~ 2년 미만(5)	( )
영농 규모 (10점)	소계		
	o 농지보유 및 임차규모(5) o 농업시설(5)	o 농지 6,000㎡이상, 대가축 2두 이상(5) 농지6,000㎡미만, 대가축 2두 미만(3)	( )
		o 하우스 등 1,500㎡ 이상(5) o 하우스 등 1,500㎡ 미만(3)	( )
귀농 교육 (20점)	o 귀농교육 이수시간(20)	o 100시간 이상(20), 71~99시간(15), 51 ~ 70시간(10), 21~50시간(5) ※ 농과계 출신은 20점 인정 ※ 증빙서류 첨부시에만 인정	( )
영농 정착 사업 계획 (20점)	소계		
	o 농가여건에 맞는 사업 계획 수립(10) o 향후 영농계획의 적정 및 타당성(10)	o 우수(10), 보통(7), 미흡(5)	( )
		o 우수(10), 보통(7), 미흡(5)	( )

기타 여건 (15점)	소계		
	o 신청자 영농의지 (10) o 귀농 후 마을주민과 화합 및 마을기여도 (5)	o 우수(10), 보통(7), 미흡(5) o 우수(10), 보통(3), 미흡(1)	( )

※ 위(표 1, 표 2)내용은 각 지자체마다 시행방법, 예산규모에 따라 차이가 있을 수
  있으며 지원사업이 중단 될 수도 있다.

※ 귀농지가 정해지면 해당 시·군 농업기술센터에 문의 및 확인절차가 필요하다,

※[표1][표2]자료제공:경남 고성군 농업기술센터

작물의 필수원소

자료제공 : 경남농업기술원 천미건 박사

* 작물의 생명유지나 생장에 어떤 원소가 얼마나 필요한지를 결정하기 위해서는 먼저 작물체를 구성하고 있는 원소를 분석해야함

공기ㅏ물에서 공급됨 　　　　　　　⇩

* 그 결과 60여종의 원소가 식물체내에 함유되어 있는 것을 알아냄

⇩

· 이들 원소 모두가 식물생육에 꼭 필요한 것은 아니며 16개 원소만이 작물의 필수원소
· 16개 필수원소와 광, 탄산가스, 물만 공급되면 식물이 필요 하는 모든 화합물을 합성하여 살아감

⇩

· 다량원소 : 건물에 1.1% 이상 함유되어 있는 것
　9개 원소(산소, 탄소, 수소, 질소, 칼리, 칼슘, 마그네슘, 인, 황)
· 미량원소 : 미량으로 필요, 적은 양이지만 식물생육에 없어서는 안되는 원소 7개
　원소(염소, 철, 붕소, 망간, 안연, 구리, 몰리브덴)

★ 질소

· 식물체내에서 단백질, 아미노산, 핵산 및 엽록소 등의 주요 구성성분
· 작물의 생장, 수량 및 품질에 큰 영향 미치는 중요한 원소
· 작물 종류, 생장시기, 식물체 조직별로 차이 있지만 식물체 내 함량이 매우 높아 건물 중 기준으로 약 2~4% 정도의 분석됨
· 질소는 유기질소, 요소, NO_3^-(질산태 질소), NH_4^+(암모늄태 질소) 등 여러 형태로 토양에 공급된 후 이온 상태로 변화됨. 식물뿌리는 이온 상태의 질소 흡수
· NO_3^-(질산태 질소) 또는 NH_4^+(암모늄태 질소) 형태의 질소가 식물체에 흡수되면 환원과정을 거친 후 아미노산, 핵산 등 유기물질로 동화됨
· 식물체 내 동화과정을 고려한 질소질 비료원으로는 NO_3^-(질산태 질소) 보다

NH$_4$+(암모늄태 질소) 우수

· NH$_4$+과다시비 → 독성

· NO$_3$- 의 경우 식물체에 다량 흡수되어도 독성 나타내지 않지만, NH4+는 체
  내에 흡수된 후 단백질로 빠르게 전환되지 않고 높은 농도 유지할 경우 작물의
  과잉장해 일으킴

· NH$_4$+가 과다하게 흡수 될 경우 K+, Ca^2, Mg^2+ 등 다른 양이온과 길항작용하
  여 이들 원소 흡수량 감소

질소의 특성

· 무기태의 질산, 암모니아 형태로 흡수

· 흡수된 질소는 아미노산, 단백질 등을 만들어 생명유지에 필요한 화합물 생성

· 엽록소, 효소, 호르몬, 핵산 등에 화합물에 함유되어 있음

· 부족하면 생육이 지연 또는 저해

· 과잉흡수하면 연약, 과번무, 병에 대한 저항성 약

· 질산태 질소 : 유실되기 쉽고 지온이 낮으면 흡수되기 어려움

· 암모니아태 질소 : 지온이 낮아도 흡수가 잘되며, 다량 축적되면 칼슘, 칼륨, 마
  그네슘 흡수를 저해

질소 결핍

· 블루베리에서 흔한 증상
· 엽록소를 잃게 되니 생장 늦어짐
· 꽃눈형성 부실해지고 착과 늦어짐
· 신초가 잘 올라오지 않고 올라와도 성장불량
· 잎은 엽록소를 잃어서 연한 초록색 띰
· 질소가 부족하면 잎은 힘이 없어지고 색이 바래서 일
  찍 잎이 떨어지며 이 때문에 수확량이 현저하게 줄어듬
· 결핍된 나무는 잎이 빨리 붉게 물들고, 가을에 잎이 빨
  리 떨어짐
* 대책 : 유안 비료(황산암모늄)

질소 과잉

· 과잉이 되면 제2차 생장자림이 늦어져서 꽃눈형성이 늦어지고, 꽃눈이 형성되더
  라도 작고 부실한 꽃눈이 됨
· 이러한 이유로 과일 수확이 줄게 되고, 늦게까지 자란가지는 조직이 연해져서
  동해를 받게 됨

★ 인산

인산의 특성

· 무기태($H_2PO_4^-$, HPO_4^{2-})로 흡수되어 세포핵의 구성 물질로 이용
· PH5에서는 거의 H_2PO_4 만이 존재하고
  PH6에서는 인산의 90%가 H_2PO_4 로 존재
  PH7에서는 40%이상이 HPO_4^{2-} 로 존재
· 작물에서 새순, 뿌리의 선단 등 활동이 왕성한 조직에 많이 함유
· 생옥초기에 적량의 인산이 있으면 작물체의 신장, 개화, 결실이 양호하게 되어
  병에 대한 저항력도 높아짐
· 신성토양에서는 알루미늄이나 철이 가용화되며 인산과 결합하여 난용성 인화
  합물이 형성
· 인이 부족하면 광합성 산물의 전분에서 당으로의 대사가 저해

인 결핍

· 결핍은 가끔 발생, 과잉은 잘 나타나지 않음
· 인이 부족하면 잎은 짙은 녹색과 자주색, 특히 가지 끝의 앞
  에서 쉽게 볼 수 있음
· 잎들은 줄기에 기대어 비정상적으로 평편하게 누움
· 잔가지들이 좁게 형성되고 짙은 분홍색(옅은 붉은색)을 띈다.
· 추운 겨울을 보내고 이듬해 봄에 일시적으로 이 징후 나타남)

★ 칼륨

칼륨의 특징

· 칼리는 K+이온형태로 흡수되어 광합성, 탄수화물 합성, 호흡작용, 단백질 합
  성, 엽록소 생성에 중요한 역할
· 칼리는 식물체내에서 이동이 쉽고, 생장이 왕성한 뿌리의 선단 및 신초에 많이
  축적외 더 오래된 잎에는 함량이 적음
· 과실의 품질을 높이고 착색을 좋게 함, 나무의 동해나 병해충에 대한 저항력을
  중대시키는 효과 있음
· 토양 중 칼리가 많으면 : 칼슘, 마그네슘 흡수 저해

칼륨 결핍

· 자주 발생하지 않지만 새순의 끝마름, 잎 가장자리 타는
  현상
· 결핍되면 잎가에 붉은 색을 띠다가 죽은 반점이 오래 된 잎
  에 발생하는 데는 어린잎에는 잎맥 사이에 황화현상이 나
  타남
· 잎이 컵처럼 말리거나 괴사반점이 생기는 징후, 이 징후는
  급성가뭄해와 유사
· 칼륨이 부족하면 광합성이 부족하여 탄수화물 축적이 낮아
  지며, 호흡작용이 심해 잎이 연약해지며, 과실이 작아짐
* 대책 : 황산칼륨

★ 칼슘

칼슘의 특징

· 칼슘은 작물체에서 이동이 적은 원소로 흡수가 되어도 신엽 및 과실에서 결핍증
  상이 나타날 수 있음

· 체내에서 팩틴과 결합하여 중위엽의 구성에 중요한 역할을 하며 양분대사 및 전류에 관여
· 줄기를 강하게 하고 식물내 독소를 중화시킴

망간(Mn) 결핍

· 망간이 부족하면 줄기에 초록이 남아있고 그의 부분은 색이 빠져 연하게 됨(망간결핍은 철결핍과 비슷)
· 용토의 산성도가 떨어지면(pH 수치가 오르면) 망간이 결핍
  즉 망간은 산성토양에서 흡수가 촉진되고 pH가 높으면 흡수 저해됨
* 대처방법 : 유황, 유안 등의 방법으로 용토의 pH를 내리면 회복됨

철 결핍

· 토양산도 pH 5.5이상인 곳, 석회질 토양에서 나타남
· 토양 pH가 올라가면 블루베리가 철을 흡수하는데 병해를 받으며 맨 먼저 나타나는 현상이 새로 돋는 잎의 끝부분이 금노랑색, 연한 연두색으로 변함(백화현상)
· 잎맥은 건강한 블루베리처럼 초록을 띠므로 잎맥이 바탕색과의 색상차이로 두드러져 보임
· 증세가 심하면 잎의 가장자리가 갈색으로 변하며 나무가 죽어버릴 수도 있으니 아무리 토양의 유기물이 많아도 토양산도가 올라가면 블루베리 상태가 아주 나빠짐
* 대체방법 : 황산철 0.1~0.3% 수용액 엽면 살포(0.3%→ 물 1L 황산철 3g, 물 20L 황산철 60g)

붕소(B) 결핍

- 식물생장에 절대적으로 필요한 미량원소
- 결핍되면 붕소는 식물자체 내에서 이동성이 없어서 새로 자라는 분열조직의 발육이 중지되고, 식물이 자라지 않음
- 요구량은 적지만 실제포장에서 결핍하면 신초의 선단부가 고사하고 발육이 불량해짐
- 붕소는 암모니아태 질소, 칼륨, 칼슘 흡수 촉진시키고, 질산태질소나 인산 흡수 억제시킴
- 붕소는 개화때와 수정과 세포 분열이 왕성할 때 그 요구량이 많아 생육초기에 부족 되기 쉬움
* 대책 : 0.2% 붕사용액 2회 정도 엽면시비 (과다한 용액을 잘못 살포하면 제초제 같은 역할을 하니 주의 요함)

★ 마그네슘

마그네슘(Mg)의 특징

- 엽록소 구성성분을 물지 대사, 특히 인산의 이동을 원활하게 함
- 체내 이행성이 크고 토양으로부터 공급이 적어지면 오래된 잎으로부터 신엽이나 과일로 이행
- 마그네슘의 흡수는 칼리의 과잉 흡수에 의해 억제

마그네슘(Mg)의 결핍현상

- 사질인 토양에서 가끔 나타남
- 잎맥사이에서 뚜렷한 백화현상 나타나며 노랑, 주황색으로 변함
- 철부족과 마찬가지로 잎맥은 여전히 초록색
- 줄기아랫부분의 오래된 잎이나 신초의 잎이 먼저 이 징후가 나타나며 가지 끝부분에서 추가로 돋아난 새잎에서는 가끔 나타남 주로 과일이 익어가는 시기에 잘 나타남
- 철부족과 다른점 : 철부족은 잎맥을 제외하고 잎전체가 연녹색으로 백화현상이 발생하나, 마그네슘 부족은 잎맥사이의 잎 표면이 어느 정도 초록색 나타냄
* 대책 : 황산마그네슘 사용 (혹은 황산마그네슘이 섞인 비료 사용)

사회단체 귀농학교 현황

자료제공 : 부산귀농학교

분야	기관명	연락처	주소
귀농 기초	경남생태귀농학교	055-275-0044	경상남도 창원시 의창구 신월동 13-67 창원성산종합사회복지관
	광주생태귀농학교	062-373-6183	광주시 서구 상무중앙로 43 BYC빌딩 7층
	부산귀농학교	051-462-7333	부산 동래구 사직3동 157-44 재원빌딩3층
	거창귀농학교	055-944-5646	경남 거창군 고제면 봉산리 624번지
	전국귀농운동본부	031-408-4080	경기도 군포시 속달동 24-4번지
	화천현장귀농학교	010-6264-6233	강원도 화천군 간동면 유촌리 기운찬학교
	귀독교귀농학교	043-873-0053	충북 음성군 소여리233

분야	기관명	과정명	교육일정	교육장소
귀농 기초	경남생태귀농학교	경남생태귀농학교 (귀농 · 귀촌 기초)	4~10월 (2기수)	경남 창원, 남해 등
	농업회사법인원주 생명농업	생명원주 귀농 · 귀촌학교 (친환경 농업 설계)	4~7월 (1기수)	강원 원주
	부산귀농학교	실전귀농탐색	5~11월 (2기수)	부산
	서울특별시 새마을회	인생 2모작 농촌부자들 이야기(귀농기초)	3~7월 (2기수)	서울, 충남, 공주 등
	전국귀농운동본부	서울생태귀농학교 (귀농기초)	3~10월 (2기수)	서울

귀농인에게 귀농의 길을 묻는다

	전략인재개발원	도시민의 성공적인 뉴라이프 귀농창업과정	3~7월 (3기수)	대구, 경북 영천 등
	지역농업네트워크 협동조합	도시농부 귀농·귀촌학교	3~7월 (1기수)	서울, 경기 여주 등
	한국농수산대학 산학협력단	귀농희망자를 위한 기초상식	4~7월 (3기수)	전북 전주
	한국식품정보원	농산물의 가공화를 통한 성공적인 귀농설계	3~7월 (3기수)	서울, 대전
	MBC아카데미	도시민을 위한 현장체험형 귀농교육(기초)	4~10월 (3기수)	서울, 경남 하동
귀농 중급	농협경주환경농업 교육원	도시민귀농중급 Eco-farm 과정	3~10월 (1기수)	경북 경주
	마을디자인	귀농농장디자인 (내 농장 마스터플랜 수립)	3~8월 (4기수)	서울, 인천 등
	산촌협동조합	성공귀농 교육과정 (임/농산물 및 산약초 분야)	4~6월 (1기수)	경기 고양, 양평 등
	서정대학교 산학협력단	귀농으로 농업법인 CEO되는 길	4~11월 (2기수)	경기 양주
	수암영농조합법인	귀농틈새교육	3~5월 (1기수)	광주, 전남 강진
	여주농업경영 전문학교	실습중심 과수기초교육	8~9월 (1기수)	경기 여주
	전국농업기술자 협회	귀농창업종합과정	6~7월 (1기수)	서울, 경북 안동 등
	전북귀농·귀촌 학교영농조합법인	30평 도제식 귀농교육과정	4~8월 (2기수)	전북 정읍
	천안연암대학	2015 도시민농업창업과정 (장기합숙형)	3~10월 (2기수)	충남 천안
	친환경농업영암 교육원	귀농을 위한 친환경과원조성	3~10월 (3기수)	전남 영암

귀농 중급	한국농경문화원	발효식품 귀농비지니스 모델과정(6차산업)	2~7월 (1기수)	전북 진안, 대전 등
	한국농수산대학 산학협력단	귀농지역 품목선택과 소득 증대 방안 교육	5~10월 (2기수)	전북 전주
	한국농식품직업전 문학교	귀농ㆍ귀촌나침반과정(귀 농ㆍ귀촌 중급 종합 코스)	3~10월 (4기수)	서울, 경기 평택
	한국식품정보원	지역별 특화직물의 가공 사업화를 통한 성공적인 귀농정착	3~9월 (3기수)	대전 유성
	화천현장귀농학교 영농조합법인	제 2의 인생 힘차고 기운찬 학교(현장 귀농 귀촌 교육)	3~7월 (2기수)	강원 화천
	MBC 아카데미	도시민을 위한 현장체험형 귀농교육(중급)	6~11월 (2기수)	서울, 전북 고창 등
귀농 심화	농업회사법인 랜드팜	버섯재배기술교육과정	4~5월 (1기수)	경기 화성
	서해영농조합법인	귀농인 친환경 복합영농 창업(장기합숙형)	4~10월 (2기수)	경기 평택
	여주농업경영 전문학교	도시민 과수창업교육 (장기합숙형)	5~10월 (1기수)	경기 여주
	한국지도자 아카데미	귀농창업 약용작물 교육 (장기합숙형)	3~10월 (2기수)	경기 시흥
귀농 생활	가자유성농장으로	체험농장 창업 (6차산업)	4~5월 (1기수)	대전 유성
	고려아카데미 컨설팅	도시민을 위한 귀촌아카데미	5~8월 (1기수)	서울, 충남 홍성 등
	농촌으로 가는길	행복한 귀촌교육과정 (지역주민과의 화합)	4~9월 (3기수)	전북 진안
	대경직업 능력개발원	도시민 힐링 귀촌아카데미	4~7월 (2기수)	대구, 경북 영천
	미래인재개발협회	내손으로 만드는 황토구들방	3~10월 (5기수)	강원 평창
	사회적기업민들레 코하우징	농촌주택 단열/에너지/ 계획 기술 및 창업교육	3~9월 (4기수)	충북 영동

귀농 생활	송석문화재단/ 도봉숲속마을	귀촌생활 교육프로그램 희망농부학교	3~6월 (1기수)	서울, 경기 화성 등
	자연에서행복 만들기 귀촌교육	자연에서 행복만들기 귀촌교육	4~7월 (2기수)	충남 서천
	전국농업기술자 협회	귀촌창업종합과정	4~9월 (3기수)	서울, 경북 안동 등
	청미래재단	귀촌종합교육 (귀촌생활 이해)	4~10월 (2기수)	서울, 충북 괴산 등
	한겨레 교육	도시민 귀촌생활 탐색과장	3~10월 (3기수)	경기 성남, 여주
	흙처럼 아쉬람	귀농 · 귀촌 흙집짓기	4~5월 (1기수)	강원 원주

도 농업기술원 및 시군 농업기술센터

자료출처 : 농촌진흥청, 도시직장인 귀농교육 교재

o 특별 · 광역시 농업기술센터

기관명	주 소	전화번호
서울특별시농업기술센터	서울 서초구 헌인릉1길83	(02) 459-8992
부산광역시농업기술센터	부산 강서구 공항로1229번지	(051) 972-0491
(기장군농업기술센터)	부산 기장군 기장읍 반송로 1716	(051) 721-5959
대구광역시농업기술센터	대구 동구 방촌동 1050-30	(053) 982-3812
(달성군농업기술센터)	대구 달성군 옥포면 교항리 2521-1	(053) 616-3904
인천광역시농업기술센터	인천 부평구 십정2동 417	(032) 427-5959
(강화군농업기술센터)	인천 강화군 불은면 삼성리 1027-42	(032) 937-7060
(옹진군농업기술센터)	인천 중구 신흥동 3가 7-215	(032) 880-2561
광주광역시농업기술센터	광주 광산구 용곡동 712	(062) 944-1611
대전광역시농업기술센터	대전 유성구 송강동 200-2	(042) 935-4332
울산광역시농업기술센터	울산 울주군 청량면 문죽리 253	(052) 247-8302

o 경기도

기관명	주 소	전화번호
경기도 농업기술원	경기도 화성시 태안읍 기산리 315	(031) 229-6114

수원시농업기술센터	수원시 권선구 오목천동 40	(031) 296-5950
성남시농업기술센터	성남시 분당구 이매동 96-2	(031) 703-5952
의정부시농업기술센터	의정부시 용현동 490-1	(031) 828-4571
평택시농업기술센터	평택시 오성면 숙성리 96	(031) 659-4811
고양시농업기술센터	고양시 덕양구 원흥동 471-10	(031) 962-6012
남양주시농업기술센터	남양주시 진건읍 사능1리 92-1	(031) 590-2571
시흥시농업기술센터	시흥시 장현동 272-9	(031) 310-2571
의왕시농업기술센터	의왕시 오전동 413-1	(031) 345-2571
용인시농업기술센터	용인시 원삼면 사암리 858-1	(031) 339-6411
파주시농업기술센터	파주시 아동동 91-6	(031) 940-4818
이천시농업기술센터	이천시 중리동 386-1번지	(031) 644-2602
안성시농업기술센터	안성시 보개면 불현리 산 5-1	(031) 674-2001
김포시농업기술센터	김포시 월곶면 갈산리 536-15	(031) 980-5081
화성시농업기술센터	화성시 봉담읍 상리 27-1	(031) 227-5959
광주시농업기술센터	광주시 목현동 42-1	(031) 764-2735
양주시농업기술센터	양주시 광적면 광석리 278	(031) 820-5603
포천시농업기술센터	포천시 신북면 기지리 647-1	(031) 530-8575
안산시농업기술센터	안산시 고잔동 515	(031) 481-2570
여주군농업기술센터	여주군 여주읍 상거리 5-5	(031) 880-3705
연천군농업기술센터	연천군 연천읍 139번지	(031) 839-2572
가평군농업기술센터	가평군 가평읍 아랫마장길 59	(031) 582-2393
양평군농업기술센터	양평군 양평읍 공흥리 1-1번지	(031) 771-5959

○ 강원도

기관명	주 소	전화번호
강원도 농업기술원	강원도 춘천시 우두동 402	(033) 254-7901
춘천시농업기술센터	강원도 춘천시 옥천동 111	(033) 243-0401
원주시농업기술센터	원주시 흥업면 흥대길9	(033) 737-4111
강릉시농업기술센터	강릉시 사천면 미노리 440-1	(033) 640-4403
동해시농업기술센터	동해시 부곡동 227-2	(033) 531-8292
태백시농업기술센터	태백시 황지동 263-10	(033) 552-3141
속초시농업기술센터	속초시 교동 979	(033) 631-5959
삼척시농업기술센터	삼척시 근덕면 교가리 424-85	(033) 573-5959
홍천군농업기술센터	홍천군 홍천읍 번영로 417	(033) 434-3387
횡성군농업기술센터	횡성군 공근면 학담2리 775	(033) 340-2551
영월군농업기술센터	영월군 영월읍 덕포8리 951	(033) 374-4211
평창군농업기술센터	평창군 평창읍 여만리 357-6	(033) 332-2070
정선군농업기술센터	정선군 북평면 남평2리 412-1	(033) 562-5861
철원군농업기술센터	철원군 동송읍 장흥리 761	(033) 450-5551
화천군농업기술센터	화천군 신응리 659-3	(033) 441-1100
양구군농업기술센터	양구군 양구읍 하리 58-1	(033) 480-2374
인제군농업기술센터	인제군 인제읍 남북2리 427	(033) 461-2766
고성군농업기술센터	고성군 간성읍 신안리 390	(033) 681-5959
양양군농업기술센터	양양군 손양면 송현리 278	(033) 671-8772

○ 충청북도

기관명	주 소	전화번호
충청북도농업기술원	청원군 오창읍 괴정리 383	(043) 220-8330
청주시농업기술센터	청주시 흥덕구 강서로 118	(043) 231-4406
충주시농업기술센터	충주시 봉방동 87-1	(043) 845-1401
제천시농업기술센터	제천시 봉양읍 미당리 211-1	(043) 645-5959
청원군농업기술센터	청주시 상당구 운동동 418-1	(043) 297-5959
보은군농업기술센터	보은군 보은읍 강산리 342	(043) 543-5959
옥천군농업기술센터	옥천군 옥천읍 매화리 236-5	(043) 733-5959
영동군농업기술센터	영동군 영동읍 부용리 610	(043) 743-5959
증평군농업기술센터	증평군 증평읍 사곡리 316	(043) 838-5959
진천군농업기술센터	진천군 진천읍 교성리 313-3	(043) 533-2811
괴산군농업기술센터	괴산군 괴산읍 서부리 704	(043) 834-5673
음성군농업기술센터	음성군 음성읍 용산리 258	(043) 872-5959
단양군농업기술센터	단양군 단양읍 중앙 1로	(043) 422-2471

○ 충청남도

기관명	주 소	전화번호
충청남도농업기술원	충남 예산군 신암면 종경리 365	(041) 330-6200
천안시농업기술센터	천안시 목천읍 안터길 19	(041) 583-6140
공주시농업기술센터	공주시 우성면 도천리 1-2	(041) 850-4329

보령시농업기술센터	보령시 주포면 관산리 432	(041) 933-5959
아산시농업기술센터	아산시 염치읍 염성리 186-2	(041) 544-5959
서산시농업기술센터	서산시 예천동 496-1	(041) 665-2049
논산시농업기술센터	논산시 부적면 오산로 1	(041) 733-5959
계룡시농업기술센터	계룡시 금암동 10	(041) 840-2551
금산군농업기술센터	금산군 군북면 내부리 580-6	(041) 750-3511
연기군농업기술센터	연기군 서면 쌍전리 16	(041) 863-5957
부여군농업기술센터	부여군 도마면 사계길 175	(041) 830-3407
서천군농업기술센터	서천군 마서면 계동리 88-10	(041) 951-5959
청양군농업기술센터	청양군 청양읍 정좌리 455	(041) 943-5959
홍성군농업기술센터	홍성군 홍성읍 옥암리 420-4	(041) 632-2593
예산군농업기술센터	예산군 신암면 종경리 281-22	(041) 333-5959
태안군농업기술센터	태안군 태안읍 송암리 770-2	(041) 673-8733
당진군농업기술센터	당진군 당진읍 원당리 486	(041) 350-4111

○ 전라북도

기관명	주 소	전화번호
전라북도농업기술원	익산시 신흥동 270	(063) 839-0200
전주시농업기술센터	전주시 덕진구 장동로 224	(063) 214-3241
군산시농업기술센터	군산시 개정면 운회리 633-7	(063) 450-3000
익산시농업기술센터	익산시 함열읍 다송리 721-36	(063) 861-5959

정읍시농업기술센터	정읍시 정우면 우산리 661	(063) 539-6250
남원시농업기술센터	남원시 이백면 서곡리 429	(063) 635-3862
김제시농업기술센터	김제시 교동 136	(063) 544-1122
완주군농업기술센터	완주군 고산면 삼기리 945-70	(063) 262-5959
진안군농업기술센터	진안군 진안읍 단양리 291	(063) 433-2549
무주군농업기술센터	무주군 장수읍 당산리 749-2	(063) 322-5959
장수군농업기술센터	장수군 장수읍 개정리 1225	(063) 351-5391
임실군농업기술센터	임실군 임실읍 갈마리 280	(063) 643-5959
순창군농업기술센터	순창군 순창읍 순화리 315-4	(063) 650-5111
고창군농업기술센터	고창군 고창읍 읍내리 512-1	(063) 564-5959
부안군농업기술센터	부안군 행안면 역리 234	(063) 584-5959

○ 전라남도

기관명	주 소	전화번호
전라남도농업기술원	나주시 산포면 산제리 206-7	(061) 330-2691
여수시농업기술센터	여수시 주삼동 812-2	(061) 691-5958
순천시농업기술센터	순천시 승주읍 승주로 389	(061) 754-5959
나주시농업기술센터	나주시 송월동 921	(061) 334-5959
광양시농업기술센터	광양시 광양읍 칠성리 70	(061) 797-2525
담양군농업기술센터	담양군 담양읍 면앙정로 730	(061) 383-5361
곡성군농업기술센터	곡성군 곡성읍 교촌리 20	(061) 362-1008
구례군농업기술센터	구례군 구례읍 봉서리 891-5	(061) 780-2551
고흥군농업기술센터	고흥군 고흥읍 남계리 400	(061) 835-3781

보성군농업기술센터	보성군 보성읍 옥평리 779	(061) 852-2983
화순군농업기술센터	화순군 능주면 만수리 342-1	(061) 372-5959
장흥군농업기술센터	장흥군 장흥읍 원도리 276	(061) 862-7641
강진군농업기술센터	강진군 군동면 호계리 420	(061) 430-3526~9
해남군농업기술센터	해남군 해남읍 용정리 46-2	(061) 533-8965
영암군농업기술센터	영암군 덕진면 장선리 676-6	(061) 470-2558
무안군농업기술센터	무안군 무안읍 무안로 339	(061) 453-2406
함평군농업기술센터	함평군 학교면 월산리 167-1	(061) 320-3552
영광군농업기술센터	영광군 군서면 만곡리 181-59	(061) 350-5572
장성군농업기술센터	장성군 장성읍 유탕리 1391-1	(061) 393-3773
완도군농업기술센터	완도군 완도읍 군내리 885-2	(061)553-5959
진도군농업기술센터	진도군 군내면 송산리 747-1	(061)543-3565
신안군농업기술센터	신안군 압해면 동서리 525	(061)277-5959

○ 경상북도

기관명	주 소	전화번호
경상북도농업기술원	대구광역시 북구 동호동 189	(053) 321-6634~8
포항시농업기술센터	포항시 북구 흥해읍 매산리16-1	(054) 262-3618
경주시농업기술센터	경주시 용강동 873-6	(054) 743-0830
김천시농업기술센터	김천시 구성면 하강리 56	(054) 423-6821

안동시농업기술센터	안동시 송천동 1319-54	(054) 823-9913
구미시농업기술센터	구미시 선산읍 이문리 509	(054) 482-1271
영주시농업기술센터	영주시 안정면 안심1리 131	(054) 632-5030
영천시농업기술센터	영천시 천문대로 342-13	(054) 336-4020
상주시농업기술센터	상주시 초산동 720-1	(054) 534-1324
문경시농업기술센터	문경시 흥덕동 431-2	(054) 555-2744
경산시농업기술센터	경산시 자인면 북사2리 502	(054) 856-6372
군위군농업기술센터	군위군 효령면 성리 111	(054) 383-5959
의성군농업기술센터	의성군 보양면 분토리 928번지	(054) 830-6711
청송군농업기술센터	청송군 청송읍 송생리 720	(054) 873-2440
영양군농업기술센터	영양군 영양읍 대천리 568	(054) 683-2291
영덕군농업기술센터	영덕군 영덕읍 구미리 167-1	(054) 733-1101
청도군농업기술센터	청도군 화양읍 범곡리 134	(054) 372-1715
고령군농업기술센터	고령군 고령읍 내곡리 528-1	(054) 830-6711
성주군농업기술센터	성주군 대가면 옥성리 197	(054) 933-1621
칠곡군농업기술센터	칠곡군 약목면 동안리 831	(054) 974-1607
예천군농업기술센터	예천군 예천읍 동본리 174	(054) 654-6572
봉화군농업기술센터	봉화군 봉성면 금봉리 904	(054) 673-3502
울진군농업기술센터	울진군 원남면 매화리 1032-28	(054) 783-0034
울릉군농업기술센터	울릉군 울릉읍 사동리 541-8	(054) 791-2068

○ 경상남도

기관명	주 소	전화번호
경상남도농업기술원	진주시 초전동 1085-1	(055) 750-6200
창원시농업기술센터	창원시 명서동 211번지	(055) 212-4250
마산시농업기술센터	마산시 진북면 지산리 226-19	(055) 240-2271
진주시농업기술센터	진주시 상대동 284(8층)	(055) 749-2391
진해시농업기술센터	진해시 성내동 205	(055) 548-2411
통영시농업기술센터	통영시 광도면 죽림리 417	(055) 649-0251
사천시농업기술센터	사천시 용현면 신복리 500	(055) 830-4771
김해시농업기술센터	김해시 전하동 900	(055) 330-4301
밀양시농업기술센터	밀양시 상남면 기산리 1040	(055) 355-5959
거제시농업기술센터	거제시 신현읍 고현리 552	(055) 639-3900
양산시농업기술센터	양산시 동면 석산리 392	(055) 386-2021
의령군농업기술센터	의령군 의령읍 서동리 195	(055) 572-5959
함안군농업기술센터	함안군 가야읍 산서리 684-513	(055) 583-2086
창령군농업기술센터	창령군 대지면 효정리 299-1	(055) 530-2703
고성군농업기술센터	고성군 고성읍 남해안대로 2829-60	(055) 673-4430
남해군농업기술센터	남해군 이동면 다정리 971	(055) 864-2971
하동군농업기술센터	하동군 적량면 동산리 1694	(055) 883-4513
산청군농업기술센터	산청군 산청읍 옥산리 456-3	(055) 970-7801
함양군농업기술센터	함양군 함양읍 용평리 630-3	(055)960-0561

거창군농업기술센터	거창군 거창읍 대평리 1359-19	(055)943-3371
합천군농업기술센터	합천군 합천읍 합천리 863-1	(055)933-2466

○ 제주도

기관명	주 소	전화번호
제주도농업기술원	서귀포시 법환동 731	(064) 735-0601
제주농업기술센터	북제주군 애월읍 하귀1리 686-1	(064) 713-5959
서귀포농업기술센터	남제주군 남원읍 하례2리 1558	(064) 733-5959
동부농업기술센터	제주시 구좌읍 김녕리 1892	(064) 760-7601
서부농업기술센터	제주시 한림읍 금능리 350-4	(064) 760-7910